風景

瀬戸内寂聴

角川文庫
19714

目次

デスマスク

その日は朝から時雨れていた。

やさしい雨は強くも弱くもなく、しっとりと私たち一行を包みこんできた。

明日は安吾賞の授賞式で、今年の受賞者に選ばれた私は、親しい編集者たちと、式に出席するため、昨夜から新潟に投宿していた。

今朝は、安吾のただ一人の令息の坂口綱男さんが、この機会に安吾のいた風景を案内しようと誘って下さったのであった。

賞は安吾のふるさとの新潟市が安吾生誕百年紀に新しく造ったもので、今年が三回目に当っていて、綱男さんも、選者の一人になっていた。私は綱男さんには、この賞のマスコミ発表会の席で初対面だった。一目で、写真の安吾そっくりの風貌《ふうぼう》の中年の紳士を、綱男さんと認めた。童顔のおもざしの残った眼鏡をかけたその人は、会場の壁際の隅にぽつんと坐《すわ》っていて、賑《にぎ》やかな会場の雰囲気の中でひとり孤絶していた。

それでいて、その人のまわりの空気は昏《くら》くも冷たくもなく、ふんわかと温かさがただよっている。有能なカメラマンと仄聞《そくぶん》していたが、その孤独なたたずまいには、詩人のような雰囲気が強く感じられた。私はこの人の幼い姿に一度だけ遭っている。

坂口安吾がはらはらするほど書きに書いていた最中に、突然、昭和三十年（一九五五）二月十七日、四十八歳で脳溢血《のういっけつ》のため急逝してから、二年ほど経った頃だった。私は安吾ファンの編集者に誘われて、銀座の安吾未亡人の経営するバー「クラクラ」へつれられていった。まだ早い夕暮時だったが、客は小さな店にすでに三、四人いた。

ママの三千代さんは小柄で華奢《きゃしゃ》な体つきの、古風さとモダンがいりまじった不思議な魅力をたたえていた。

気さくというより、至極自然体の客への応対が、銀座のバーという派手さも勿体《もったい》ぶったところも感じさせず、まるで自分のうちの茶の間に坐ったような気安さとくつろぎを与えてくれる。並んでいる酒も、程々の値段のものが多かった。編集者や、まだ若い作家の卵や絵描が安心して呑《の》める構えだった。

安吾の死後、印税だけではとても生活出来なかった。安吾はおよそ貯蓄などに無関心な人柄だったので、死なれてみれば貯《たくわ》えなどは全くなく、安吾の友人たちが、遺族の母子の身を案じてとりあえず、バーを出すようしむけたという。

「ククラ」というのはフランス語で野雀のことだが、そばかす娘のあだ名にも使われていた。獅子文六《ししぶんろく》が名付親だった。

三千代さんは一滴もお酒は呑めないのに、大酒豪の安吾の酒の相手をしてきたおかげで、客たちを結構いい気分にさせる能力があった。店は思いの外流行《はや》り、まずは開店の甲斐《かい》はあった。

私が行った時、ふと気がつくと、小さな、まだ足許《あしもと》の危なっかしい男の子が、若い編集者につれられて、よちよち店にあらわれた。

客たちが口々に声をかけて歓迎する。

三歳に届くか届かないかの男の子は、まんまるい可愛らしい顔をして、見るからに健康そうに見えた。

「ツナオちゃん」

と口々に客に呼ばれると、人なつっこく、声の方へよちよちと寄っていく。

「ますます安吾にそっくりになってくるね」

「末頼もしい面構えだね」

客たちの言葉を三千代さんはにこにこしてさり気なく聞き流していた。

一しきり客の間をちょこちょこ歩き廻《まわ》っていた綱男さんは、いつの間にか、誰かにつれられていなくなっていた。

その頃は私もかけ出しで、銀座で遊ぶような余裕もなく、「クラクラ」に行ったのもそれっきりであった。

私は綱男さんに幼時のあなたに逢《あ》っていると話した。綱男さんは誰でも心がうるおうような人なつこい笑顔をした。

安吾のいた風景を、綱男さんは手順よく次々案内して下さる。

安吾の逝去から五十三年、半世紀も過ぎ去った歳月の茫々《ぼうぼう》たる行方を思うだけで気が杳《とお》くなりそうである。

歳月は風化して、大方の風景に、夢の面影をとどめてはいなかった。

移動は雨の中を車で走ったが、現地に着くと、私たちは我がちに車から降り、雨傘をさして、足許の汚れ濡《ぬ》れるのも忘れて、歩きまわる。世話係の誰かが紫の僧衣を着た私のために、紫の絹ばりのすてきなアンブレラを用意してくれていた。私は綱男さんの心づかいが嬉《うれ》しく、降りやまない時雨を、釈尊誕生に降りそそいだ天からの甘露とも見立て、白足袋《たび》が汚れるのも、どろはねが白衣の裾《すそ》にかかるのも意に介さず、案内されるままに歩き廻った。

綱男さんは「安吾のいる風景」という題のしゃれたフォト・エッセイの本を出版している。安吾生誕百年を記念して出された本で二〇〇六年の出版だった。明治三十九年（一九〇六）十月二十日生れの安吾は、二〇〇六年がまさに生誕百年に当っていた。

これより一年早く生誕百年を迎えた女流作家を二人思い出す。円地文子《えんちふみこ》、平林たい子の二人だった。共に明治三十八年（一九〇五）の生れだった。二人とも、大先輩として、私は生前親しくしていた。あの時、この時の二人の表情や印象的な言葉の端々をいくらでも思い出せる。

けれども坂口安吾には彼の生前一度も遭ったことがない。

どんな声で話すか、どのようにあのまるい眼鏡の奥の眼が光ったり騙《かた》ったりするか、一度も聞いたことも見たこともない。

私は雨の中を案内してくれる綱男さんに遅れまいと歩きながら、安吾の名を冠した賞を、明日貰《もら》う自分の立場に不思議なものを感じていた。突然受賞の実感が薄れ、私はとんでもない錯誤をしているのではないかと脅《おび》えが一瞬心をかすめた。安吾賞は文学賞ではなく「生きざま賞」だと教えられた。それほど自分の八十六年の生涯が立派なものだったとは思えない。ただ無我夢中で自分の選んだ道を歩きつづけながら、私はいつでも、どこでも命がけで生きてきた。

安吾の好きなことばにイノチガケというのがある。もし、私がこの賞にふさわしいというなら、いつでも、どこででもイノチガケで生きてきたという一点だろうか。ただし、それは自分が望んで選んだ行為ではなく、そうしなければ生きてこられなかったから、やむなく、いつでも命を張ってしまったということが正直な真実であろう。

「この川が阿賀野《あがの》川です」

綱男さんが立ち止って、目の前をとうとうと流れる大きな川を指さしてくれる。

「阿賀野川の水が涸《か》れても、坂口さまの金は尽きない。と、里謡に歌われた川なんです。今は見事に何もかもなくなりましたが」

綱男さんが笑いながら、広い川面《かわも》を指さしている。安吾の父の仁一郎《にいちろう》は憲政本党の衆議院議員で、新潟新聞社社長を歴任したような名士だった。先祖は阿賀野川流域の大富豪だったという。母のアサは新潟の五泉《ごせん》市西大畑《にしおおはた》の大地主吉田家から嫁いでいた。坂口家の跡は何一つなくなっているが、五泉市の祖母の里の広い邸《やしき》は綱男さんのカメラに収められている。坂口家も往時はこんな堂々とした構えだったのではないかと綱男さんは空想する。

確かに残っていた坂口家の遺跡は、阿賀野川ぞいの土手をたどった場所にある坂口家代々の墓所であった。立派な石の柱が門柱のように二本立った墓地には、どっしりした墓石が建ち、安吾も三千代さんも安吾の父、仁一郎もそこに眠っているということだった。

「めったに来られないので、来る度迷ってしまってなかなか辿《たど》りつけない」

と綱男さんは笑っていた。

何宗ですかと訊《き》くと、

「何宗だか知らないけれど、法事なんかには、どこかの坊さんが来ている」

と、暢気《のんき》な返事だった。

そこから寄居《よりい》浜《はま》の大きな詩碑を見に行く。

安吾の死後二年して建てられたものであった。記事の中にある石よりあまりに大きく、あたりが整然と整備されているのでびっくりしてしまう。

「ふるさとは

　語ることなし

　　　安吾」

の文字が刻みこまれている。

遠い昔、ある傷心を抱いて私はひとりここに辿りつき、秋草の生いしげった中にずんぐりしたおむすびのような感じのあたたかな詩碑を見つけ、その横に半ば坐りこんで、安吾がうずくまっているようななつかしい石にもたれかかって、目の前の日本海を暮れるまで眺めていたことがあった。

それをいうと、綱男さんがやさしい笑顔で、

「そうでした。あの頃はこのあたりにまだ雑草や、木がいっぱいあって……」

私は蒼空《あおぞら》を見た。蒼空は私に沁《し》みた。

私は瑠璃《るり》色の波に噎《むせ》ぶ。

私は蒼空の中を泳いだ。

そして私は、もはや透明な波でしかなかった。

私は磯《いそ》の音を私の脊髄《せきずい》にきいた。

単調なリズムは、
其処《そこ》から、鈍い蠕動《ぜんどう》を空へ撒《ま》いた。

二十一歳の安吾の望郷の詩である。

安吾は四十八歳の短い生涯でふるさとに暮したのは十九歳までだったが、胸の底に

はずっとふるさとの瑠璃色の蒼空と波が抱かれていたのだろう。

「ぼくにはふるさとがありません。安吾さんが羨《うらや》ましいです」

綱男さんは時々会話の中で、父親のことを「安吾さん」と呼ぶ。それがとても自然で、あたたかく快く聞える。

最後に綱男さんがつれていってくれたのは、新津《にいつ》美術館だった。旧《ふる》めかしい建物の中は、倉庫のように殺風景で、その奥の部屋には、安吾の大きな写真が一枚壁いっぱいにかかげられていた。

広い場所一杯にたくさんの書棚が林立していて、そのどれにも安吾のいくつもの全集や単行本が、ぎっしり並んでいた。若い美しい女性の学芸員がてきぱきと動き、奥から整然とファイルした膨大な安吾の資料を、次々取り出して見せてくれる。

安吾が使っていた眼鏡や万年筆や原稿用紙なども残っていた。

綱男さんがちょっとおどけて、安吾のまんまるい縁の眼鏡をかけてみると、壁の安吾の写真といよいよそっくりになった。

「わあ、そっくり」

と私たちがはやすと、綱男さんは照れて、

「似てませんよ、ちがいますよ」

といって顔の前で手を振ってみせる。するといっそう写真の安吾にそっくりになるのだった。今の綱男さんは安吾の享年より、年長だ。

さっきの学芸員がその時恭しく玉手箱のようなものを胸の上にかかげるようにして奥の部屋からあらわれた。

その箱を私たちの前の机の上にそっと置いた。

「安吾のデスマスクです」

綱男さんが、ちょっと改まった口調で言う。私たちはいっせいに息をのんで綱男さんの顔を見つめた。箱は黒塗りで、紫の組み紐《ひも》がかかっていた。

綱男さんが自分の手で箱の紐を解き、木の蓋《ふた》を持ちあげて開けた。私たちは息をつめて、その箱の中を覗《のぞ》きこんだ。

茶褐色に彩色された人の首がそこに収められていた。

デスマスクは白いものと、何となく思いこんでいたので、私はちょっとたじろいだ。瞼《まぶた》をとじた肉厚のたくましい男の首がそこにあった。鼻が大きく存在感を誇示している。額の広い、豊頰《ほうきょう》の顔は、眼鏡をかけていないため、ちょっと感じがちがっていたものの、目の前の壁の写真の安吾とそっくりだった。眠っているように見えるその顔は、見つめているうちに、安らかさがほのぼのと伝わってきた。

「はじめからデスマスクをとる御用意があったのですか」

私は思いがけない胸さわぎがこみあげてくるのを感じながら訊いてみた。

「いいえ、母もそんなこと全く考えていなかったようです。何しろ、急に死んだものですから、すっかり動転していまして、デスマスクをとるなんて、思いつく余裕はなかったと思います」

「誰がとったのかしら？」

「何でも、クラクラへちょいちょい来ていた編集者だか文学青年だとかが、そういう仕事も内職に手がけていて、母の知らない間にとっていてくれたそうです。お金は払わなかった。貰ったって言ってたのを覚えています。安吾先生のデスマスクをとらないのは、日本の文学の損失だとかいってたそうです」

私はますます胸が波立つのをさとられまいと、無意識に片手で胸を押えていた。その時、指先に懐にひそませていたものの手触りが伝ってきた。自分の顔色が変っていくのを誰にも覚《さと》られまいと、あわててうつむき、ひそかに深呼吸をしていた。

指先の感触は、この旅に持ってきた手札型の涼太の写真だった。

涼太は私に坂口安吾の文学の新鮮さ、偉大さ、魅力のすべてを教えてくれた恩人だった。この世で彼に出逢わなければ、私は平凡でおだやかなふつうの女の道を全うしていた筈《はず》であった。貞淑でつつましい妻で、やさしい母として。

ところが私と涼太はめぐり逢ってしまったばかりに、気恥かしいほど稚純な恋に落ち、私は夫と子供を捨て家を出てしまった。恋の火種になったのが共通の文学への憧れだったなど、気恥かしくて口にもできない。

そんな子供じみた恋が全うできる筈はなく、結局、私はひとりで暮すようになった。それでも、そんな私をずっと支えてくれたのは、涼太から教えられた安吾の「堕落論」だった。「堕落論」は、私の聖書になった。子供の時から優等生として、ほめられてばかりできた私が、噂の女、ふしだらの女としてのレッテルをはられ、人の道、女の道の軌道を踏み外してしまったのだ。

そんな私の背を押しつづけてくれたのが、「堕落論」の力強い言葉だった。

――歴史という生き物の巨大さと同様に人間自体も驚くほど巨大だ。生きるという事は実に唯一《ゆいいつ》の不思議である。六十七十の将軍たちが切腹もせず轡《くつわ》を並べて法廷にひかれるなどとは終戦によって発見された壮観な人間図であり、日本は負け、そして武士道は亡びたが、堕落という真実の母胎によって始めて人間が誕生したのだ。生きよ堕《お》ちよ、その正当な手順の外に、真に人間を救い得る便利な近道がありうるだろうか。――

――戦争中は真の闇で、そのくせどんな深夜でもオイハギなどの心配はなく、暗闇の深夜を歩き、戸締まりなしで眠っていたのだ。戦争中の日本は嘘のような理想郷で、ただ虚《むな》しい美しさが咲きあふれていた。それは人間の真実の美しさではない。そしてもし我々が考えることを忘れるなら、これほど気楽なそして壮観な見世物はないだろう。たとえ爆弾の絶えざる恐怖があるにしても、考えることがないかぎり、人は常に気楽であり、ただ惚《ほ》れ惚《ぼ》れと見とれておればよかったのだ。

――

――終戦後、我々はあらゆる自由を許されたが、人はあらゆる自由を許されたとき、自らの不可解な限定とその不自由さに気づくであろう。人間は永遠に自由ではあり得ない。――

――戦争は終わった。特攻隊の勇士はすでに闇屋となり、未亡人はすでに新たな面影によって胸をふくらませているではないか。人間は変わりはしない。ただ人間へ戻ってきたのだ。人間は堕落する。義士も聖女も堕落する。それを防ぐことはできないし、防ぐことによって人を救うことはできない。人間は生き、人間は堕ちる。そのこと以外の中に人間を救う便利な近道はない。——

——戦争に負けたから堕ちるのではないのだ。人間だから堕ちるのであり、生きているから堕ちるだけだ。——

——人は正しく堕ちる道を堕ちきることが必要なのだ。そして人のごとくに日本もまた堕ちることが必要であろう。——

若い女のように白い頬を紅潮させ、

「凄《すご》いでしょう。圧倒されるでしょう。ぼくははじめて読んだ時、興奮して真夜中の道を夜の明けるまで歩きつづけました」

涼太は私に渡した「堕落論」の感想を確かめに来た時、自分の方が興奮して熱に浮かされたように喋《しゃべ》りつづけていた。

「何てったって、安吾ですよ。太宰も織田作も魅力があるけど、安吾の無頼には筋金が通っている。奥さんは……」

涼太は茶色がかった瞳《ひとみ》を見開いて、奇怪な動物でも見るような目つきで、私の目の中を覗きこんで言いつのった。

「どうして、自分の才能を信じないのですか？　どうして小学生の時から夢見ていた小説家になろうとしないんですか？」

その頃、涼太の友だち数人と、私たちは同人雑誌以前の習作を持ちより、合評会などはじめていたのだ。夫は上京して家と職を探しており、子供をつれて故郷の町に残された私は、結婚して北京へ渡って以来、初めて自分の時間を自由に使うことが出来ていた。涼太やその仲間は、夫が北京へ留学する前、一年ほど、故郷の母校の中学で漢文を教えていた生徒たちだった。年齢は私より四、五歳若いだけなのに、どの青年も私を「先生の奥さん」と呼んでいた。

その頃、私は自分の不確かな才能より、涼太の文学的才能に期待するようになっていた。それがすでに涼太への愛だと気づくには時間がかからなかった。

その頃、空襲の焼け跡の小さな町から、「堕落論」など一行も目にしそうにないおとなしい妻たちが、一ヶ月のうちに二人も三人もふっと家を捨て、町から消えていくようになっていた。その誰もが、申し合わせたようにそれまでは生真面目で辛抱強い、ほめられ者の主婦たちだった。私の唐突な家出も、そうした例のひとつとして、噂と共に忘れ去られていった。

長い歳月をかけて、私と涼太はその後も出会いと別れを性懲りもなくくり返していた。いつまで経っても稚拙な恋は不手際さからぬけず、ぎくしゃくしていた。虚仮《こけ》の一念で、私はいつのまにか小説家になり、涼太は私の収入を元手に次々事業を起してはつぶしていった。

そうすれば落着くのかと、一つ屋根の下に共棲《きょうせい》してもみたが、かえってそれが涼太のコンプレックスを強めたようだった。その家から涼太が出てゆき、私たちの長い絆《きずな》はようやく切れた。涼太が会社の若い事務員と関わりを持ったことを、ことさら騒ぎたて、それを別れのきっかけに利用したのは私だった。

もう互いに別れる時期を計りあっているような末期現象のある頃、涼太が珍しくいきいきして、新しい友人を私に紹介した。出版関係の仕事をしながら詩を書いているという清川孝は、涼太よりいくつか年長で、背も高くがっちりした体つきをしていた。これまでの詩人というよりスポーツ選手にふさわしい爽《さわ》やかな雰囲気を持っていた。私と別れる涼太の友人にはなかったタイプの清川孝に、一目で私は好感を抱いた。私と別れる涼太に、こういう頼もしそうな友人が恵まれたことにほっとしていた。

清川孝は何度か涼太につれられて夜遅く訪れた。いつも、新宿で呑んだ帰りに涼太を送ってくるという形だった。そんな時にかぎって涼太は威勢のいい声をはりあげて、書斎で仕事をしている私に帰ったことを告げた。

「清川が来た。降りて来ない?」

陽気な涼太の声に、私はすぐペンを置き、いそいそと書斎から降りていく。その家は二人で暮すため、涼太が探してきたもと質屋だった貸家で、大きな蔵があった。涼太はその蔵の二階を私の書斎にするため、大工につきっきりで指示して改造した。鉄格子の入った窓の下に机を据えると、涼太はその机に自分の肘《ひじ》をつき、鉄格子の窓から満足そうに空を見上げ、私を振りかえっていった。

「ここから、きっといい小説が生れるよ」

「ありがとう、私もそんな気がする」

お礼のつもりで、私は翌日、二枚の表札を涼太に手渡した。二人の名をそれぞれに書いた表札を見くらべ、涼太の白い顔にさっと血の色が上った。

「門にかけてきて」

「いいんだね」

確かめるように私の顔を見ないでつぶやき、涼太はそれを力のこもった足どりで門にかけにいった。その時二人とも、この家で新しく互いの縁をつなぎ直そうという気持に満たされていたものの、まさか最後の決別の場になろうなどとは想像もしていなかった。それからまだ、二年とこの家で暮していないのに。

酒の支度は涼太が手早くした。清川は私の仕事の邪魔をしたのではないかと最初ちょっと遠慮を見せたものの、すぐ、気分よく豪快に呑みだした。涼太に負けない酒量だった。酔の出ない顔で、酒品も爽快《そうかい》だった。最近、自分の出版社で出したネルバールの小説が、さっぱり売れなかったなどと、他人事《ひとごと》のように話す。

酔にまかせて、何で食べているのかなど不躾《ぶしつけ》に訊くと、けろっとした口調が返ってきた。

「デスマスクですよ」

「デスマスクって、それを造るんですか？　売るんですか？」

「造って売るんです」

「注文がそんなにあるの？」

「あんまりないです。儲《もう》かるなら、もっとライバルがあるし広告だってありそうだけど、それがない」

「じゃ、なぜそんなことをするの」

「面白いし、即金で金が入る」

「相場はいくらくらい？」

「相手によってちがいます。最低三万円はくれます」

淡々とした清川の口ぶりに、かえって私の好奇心はかきたてられていく。

葬儀屋と提携していて、清川は葬儀屋の連絡で仕事に出かける。もともと美校時代の彫刻を志していた友人が、葬儀屋と始めた仕事を、彼が長兄の急死で故郷の造り酒屋をつぐことになって帰省した際、清川に譲って行ったのだった。

一個につき二割のマージンを葬儀屋が取る。二人のアルバイトの学生の費用は清川が持つ。死者が自分のデスマスクを取れと遺言するようなことはめったになく、大抵、葬儀の日にあわただしく事が行われる。

葬儀屋の用意したモーニングを身につけると、堂々とした清川の軀《からだ》は自信あり気な芸術家に見え、喪主側に安心感を与える。

葬儀屋の持ちこむ話はたいてい急な取引なので、すでに棺《ひつぎ》におさめられた遺体を入棺のまま、参列者の来るまでのわずかな時間に手早く作業することが多かった。

棺の中の花に埋った死顔のまわりにガーゼをかけ、ビニールで花をおおう。死顔にオリーブ油を塗り、顔のまわりにガーゼを更に埋め、鼻腔《びこう》の綿もはみださないようたしかめる。その間に学生が石膏《せっこう》の水どきを用意する。清川の仕事は、その水どき石膏を手早く、鏝《こて》で死顔に塗り重ねることだった。石膏が固まるのを待ち、死顔から引き剝《は》がす。

「石膏が最高度に加熱して冷えはじめる瞬間に、面を引き剝がすのがコツです。長い眉毛《まゆげ》や口髭《くちひげ》があると、離れ難《にく》くて……。それも馴《な》れればコツを覚えます」

清川の話は具体的でわかり易かった。

そうして取った石膏の型から、デスマスクを仕上げる時、死者との会話がなり立つ時があると清川は言う。出来るだけ、死者の生前の性格や仕事についての情報を集めて、現れてくる死面に語りかけると、いい面が生れると、清川は語った。

「せんせいのデスマスクは、ぼくに取らせて下さい」

「いやよ」

どっちが先に死ぬかわからないのにと私は笑いとばした。せんせいと呼ばれることを私が嫌うのを知っていて、それをわざと使って見せる時は、清川の冗談だった。本気の話の時は「あなた」と呼んだ。

夜中に訪れるようになって何度目かの時だった。涼太が席を立ったわずかな閑《ひま》に清川が低い声でつぶやいた。

「涼太が、毎晩、遅くまで呑んで帰るのは、なぜだかわかってますか。この家はあなたの仕事をしている真剣な呼吸で、空気が硝子《ガラス》のようにぴんと凝り固まっているんです。内に入るには、全身の力で体当たりして、その堅い空気を破らないと入れないといってましたよ。辛《つら》そうな顔でしたよ」

そこへ涼太が新しい煙草の箱を持って戻ってきたので、話はそのままになった。納得のいかない涼太のどんな不機嫌な言動よりも、清川のこのことばが私の胸にしみじみ収まった。別れてやらなければと、その夜、私の決心は固まったのだった。

その夜を最後に、私は清川と会ったことも声を聞いたこともなかった。蔵の家を出て行った涼太とも逢うこともなく、その後も私は性懲りもなく引越をくり返したあげく、出家して京都に庵《いおり》を結んでいた。

格別寒い一月の終りの朝だった。電話の中に思いがけない男の声を聞いた。快いバスの抑揚と、そっ気ない口調に聞き覚えがあった。

「早朝すみません。涼太が今朝、死んでいました。事務所で首を吊《つ》って……。お報《しら》せだけです」

清川さん？　という声も聞かず、電話は切れた。

涼太が蔵を出て行ってから、二十六年の歳月が過ぎ去っていた。涼太に傾倒しきっていた例の若い女の事務員と結婚し、二人の子を生《な》したことを風の便りに聞いてもいた。私の行動のすべては、マスコミを通じて涼太は承知している筈だった。

午後になって矢つぎ早に聞えてきた情報では、音楽貸事務所の仕事が行き詰まり、厳しい借金の取り立てに追われていた上、肺ガンが重症になっていたという。

私より四歳若い涼太は享年六十四の筈だった。

昨夜、深夜にかかってきて、徹夜で仕事していた私のペンを止めさせた妙に長い無言電話は、もしかしたら、涼太からではなかったかという想いが胸に走った。私はそう想った自分の甘さをその場で打ち消した。それでも溢《あふ》れてくる涙は止めようとはしなかった。

清川は涼太のデスマスクをとっただろうかと、ちらと思ったが、それも甘さだと打ち消した。

安吾賞の報せを受けた時、反射的に想い浮かんだのは、涼太の紅潮した二十一歳の表情だった。安吾が最高だと力説していた涼太がこの報せを聞いたら、どんなに喜んだだろうと思うと、私は自分の傍らに涼太の魂の存在をありありと感じていた。告げて喜んでほしい肉親も、男たちも、すべてこの世を去っていた。私は迷わず一枚残っていた涼太の写真を懐にして受賞の旅に新潟まで来たのだった。

雨はまだ止まず、どこまでも私たちについてきた。傘を傾けながら、時には狭い道を相合傘に並びながら、私は綱男さんの話を聞いていた。話のついでに、私が三千代さんより一歳年長だと判った時から、綱男さんの口調に親しみが増し、私の胸には彼からなつかれているような親密感がふくらんできた。

綱男さんが安吾の死の直前の話をしていた。一歳半で父の死にあった綱男さんにその時の記憶はない。すべては安吾の語り部を自任していた三千代さんからの聞き覚えであった。

昭和三十年（一九五五）二月十七日、安吾は亡くなっている。三年前、桐生市《きりゅう》本町《ほんちょう》二丁目二六六番地の書上文左衛門《かきあげぶんざえもん》邸に移住した。そこへ移ってからは専ら、その地を動こうとせず、書くことだけに専念していたようだ。

綱男さんが生れたのは、この桐生の暮しの中であった。その報せを、安吾は「決戦川中島」の取材に信州に出かけていた先で聞いた。その頃、よく酒やアドルムやヒロポンを呑んで暴れていた安吾は、この旅先でも事件を起したとみえ、信州の留置場に入れられていた。そこで初めての子の出産の報を受け取った。安吾は帰ってきても自分の子を抱こうとはせず、生後四ヶ月ほどまでは、こわごわ小さな生物を見守っていただけだったという。

「名前は『熊襲《くまそ》』とつけられそうだったのを母が反対してくれたそうです。次の候補が『海太郎《うみたろう》』、これも母の反対にあって『綱男』に落着きました」

綱男さんは両親の話をする時、普通の人とはちがう、はにかんだ中に誇らしげな気持のまじった美しい表情になる。自分では、いつまでも照れる気持が抜けないのだろうけれど、その羞恥《しゅうち》の和かな気持のあふれた表情がつつましくて、見る者の目も心も和ませてくれるのだった。

安吾は命名の由来書まで遺《のこ》している。

「チャック世に現れアトムまた世に現るとも綱の用の絶ゆることなかるべし　汝《なんじ》一本の綱たらば足らむ

綱たるはまた巨力を要す　父」

四ヶ月過ぎる頃から安吾はようやく赤ん坊に馴れて、背負籠《しょいかご》に赤ん坊を背負ったりして、散歩に行くようになっていた。

「母は『桐生であなたが生れてから一年半が、パパと過ごした生活の中でいちばん平穏な時間だった』とよくつぶやいていたものです」

綱男さんはいつの間にかたどりついていた日本海を見渡す道端に立ちどまり、尚《なお》も降りつづける雨の彼方《かなた》の海に目をやりながら、独りごとのようにつぶやいていた。

二月十七日に安吾の死亡した時のことを、三千代さんは書き遺している。

十五日の夜、信州から帰ってきた安吾は、三千代さんが寝かさずに待たせていた綱男を嬉しそうに抱きあげ、親子三人で夜なかの三時頃までなごやかに談笑していた。

十六日は、綱男を風呂《ふろ》に入れてやり楽しそうにしていた。疲れたからとあんまを呼び、頭痛がするといい薬を呑み眠った。

そして翌十七日の寒い朝、隣室に寝ている妻と子にやさしくふとんをかけに来て、隣の間の自分の寝床に戻ってから発作を起した。「みちよ、みちよ」と呼ばれてかけつけた三千代に「舌がもつれる」といったのが、最後のことばになった。医者が駆けつけた時はもう手遅れだった。それから一時間半ほど後には死亡していた。原因は脳溢血だった。

「死ぬ前の二日間、ぼくたち母子にありったけのサービスをしていってくれたと、母はよく言っていました」

雨に煙《けぶ》る海に目をやっている綱男さんに、私は訊いてみた。

「お母さまのデスマスクは？」

「あ、ほしいとも思いつかなかった。母はずっと死ぬまで顔を見ていましたからね」

安吾のデスマスクを見ていた綱男さんの、あたたかなまなざしを思い浮べながら、私はやはりその作者にちがいないと、清川孝の快い声を耳許によみがえらせていた。

絆《きずな》

今夜が愈々《いよいよ》危ないとの報《しら》せがあったので、病院へ駆けつけた。電話をくれた明子さんの話では、現在の入院先は、先月まで入っていた病院の分院で、個室が空いたから、急遽《きゅうきょ》そちらに移ったということだった。

佐藤長《ひさし》先生が入退院を繰り返されるようになってから、すでに三年余の歳月が流れていた。大正三年（一九一四）九月生れの佐藤先生は、この正月で数え九十五歳を迎えられたばかりだから、いくら平均寿命が延びた当節といっても、申し分のない長寿を全うされたというべきだろう。

佐藤先生は京都大学名誉教授の称号を受けていられるし、「チベット歴史地理研究」の業績で日本学士院賞を受賞されたのが満六十五歳の時であった。受賞の後、宮中へ招かれ昭和天皇から受賞者に直々の御下問があった時、

「それで、佐藤さんはチベットへは何度出かけたのですか」

と問われ、先生は、

「一度もおもむいておりません」

と答えられたという。昭和天皇はたいそう驚かれた表情で、改めて佐藤先生の顔をまじまじと御覧になり、

「それで、一度も現地を訪れないで、チベットの歴史や地理の研究が出来たのですか」

と仰《おお》せられたそうだ。その話を私に聞かせてくれた時の佐藤先生のいたずらっ子のような無邪気な表情が忘れられない。

昭和十八年の十月、私は北京ではじめて佐藤先生と出遭った。その頃から佐藤先生はチベットの研究に一途《いちず》に打ちこんでいる真摯《しんし》な学究の徒であった。

戦時中の繰あげ卒業で、半年早く女子大を出た私は、夫の赴任地の北京へ早々とおもむいていた。そこで夫から最初に引き合わされたのが佐藤先生だった。私たちの新婚の住いはそれまで夫の住んでいた紅楼飯店《ホンロウファンテン》の一室で、私たちの部屋は一階にあり、その四階に佐藤さんの部屋があった。

夫は外務省から、佐藤さんは文部省から留学生として派遣されていた。夫はすでに留学期間を終えていたが帰国せず、すっかり魅せられた北京に留《とど》まって、師範大学の

講師をしながら研究をつづけていた。

夫は支那古代音楽史を、佐藤さんはチベットの歴史と地理が研究題目だった。それを聞いた私は、逢《あ》った最初から彼等を尊敬していた。およそ私には想像もつかない分野の研究をしている学者の卵だということが、私の憧《あこが》れをかきたてた。職人の父の子として生れ、物心ついた時から商家に育った私は、わが家にはない学者の営む家庭や人物に本能的に憧憬《しょうけい》するのであった。

私が渡燕《とえん》して間もなく東京では学徒動員があり、私と同年輩の青年たちが応召し、雨の中を彼等の行進を見送ったというニュースが北京にも伝わってきていた。船便が魚雷の攻撃にあい、すでに郵便の届きようが乱れがちになっていた。

そんなある日、夫が乏しい学費の、それも届き難《にく》くなっている佐藤さんの食事を、うちでまかなってあげたいといいだした。北京の物価は異常な速さで高騰しつづけている。私は一も二もなく夫の案に賛成した。そこで新婚二週間もたたず、佐藤さんは私たちと一緒に朝夕二食を共にするようになった。中国式に夫も佐藤さんもずっと二食主義だった。

私は気前よく佐藤さんの食事の世話まで買って出たものの、家では物心ついた頃から十人余りの父の弟子が住みついていたので、食事係の手伝いも絶えずいた。母の料理もおよそ家庭的ではなかった。食べ盛りの弟子たちを満腹にさせることが目的の料理は、料理と呼べるようなものではなかった。

「料理を習わせる閑《ひま》もありませんで」

と、縁談の時言いわけする母の言葉を、夫は謙遜《けんそん》だろうと早合点したのが運のつきであった。実際、およそ料理の躾《しつけ》の出来ていない事実を認めた時、夫はあわてて私を北京東単《とうたん》市場へつれてゆき、野菜や肉の買い方から、その切り方、料理の方法まで、教え込んだ。

中国人の料理の得意な女朋友《ニユイポンユウ》に私を弟子入りさせるという方法もとった。おかげで、私は中国式の麵《めん》の打ち方や餃子《チヤオズ》の造り方、饅頭《マントウ》の造り方まで会得してしまった。

佐藤さんは私の中国料理の試験台になってくれたということになる。

仙台の近くの涌谷《わくや》に育ち、先祖は仙台藩の重臣だったという佐藤さんは、東北人の典型のように至って口が重く、非社交的であった。正反対の社交的で陽気で話好きの夫の話相手になろうとせず、食事が終ると、さっさと座を立ち四階の自分の部屋に上っていく。

戦局の話も世間話も全く興味がないようであった。

毎日、殆《ほとん》ど部屋にこもりきりで机に向っているらしい。週に何回か雍和宮《ようわきゆう》と呼ばれるラマ廟《びょう》へチベット語の習得に通っていた。その他に、青いトルコ帽を小粋《こいき》にかぶったトルコ人を招いて、その人からもチベット会話を習っていた。階段の下で時々ばったり出逢うようになったトルコ人は人なつこい丸い瞳《ひとみ》の中に笑みをたたえ、

「こんにちは」

と歌うように笑顔で挨拶《あいさつ》する。

佐藤さんは時々、雍和宮の帰りに小さな一口で食べられる乳菓子をお土産に買ってきた。娚捲児《ナイジュアル》というその菓子は、チーズ菓子のような異国的な味がした。その可憐《かれん》な菓子は、私の大好物になった。それがチベットの銘菓だという。

「このお菓子、文化の匂いがする」

とつぶやくと、

「チベットは牧歌的だけど、文化の高い世界の屋根の楽園ですよ」

いつになく情熱的な口調で佐藤さんが言葉を強めた。

社交的な夫は訪問客も多く、外出も多かった。夕食は佐藤さんとふたりの時も珍しくなくなった。そんな時は、食べてすぐ立つのも私に悪いと思うのか、ぽつりぽつり、自分の仕事の話などしていく時もあった。

今、取り組んでいる論文は「金城公主《きんじょうこうしゅ》に関する考察」という題がつけられていると

いうことから始まって、私が興味を示すにつれ、その研究課題について話してくれるようになった。

中国で吐蕃《とばん》と呼ばれていたチベットの王の許《もと》に、政略結婚で降嫁させられた王族の貴妃が二人いた。文成公主《ぶんせいこうしゅ》と金城公主だった。

佐藤さんの研究の対象になっているのは、後から嫁いだ金城公主であった。

吐蕃とあなどっていたチベットの代々の王は、勇猛果敢でよく外敵と戦い、いつの間にか領土をチベット全土に拡げていた。吐蕃は武力を増強し、時には唐の西域に侵攻することも多くなり、唐にとってはあなどり難い存在になっていた。

太宗《たいそう》の時代、はじめて吐蕃から、ツェンポ・ソンツェンガンポが、唐の美姫《びき》の降嫁を要請してきた。チベットでは王をツェンポと呼んだ。

太宗は両国の融和策としてその請を受け入れ、文成公主を降嫁させている。

文成公主は仏像をたずさえて、はるばる入蔵し、ラモチエに伽藍《がらん》を建立し、吐蕃国の文化指導者としての役を果し、国民の尊崇を一身に受けた。

その政略結婚の成果により、それ以後、吐蕃はとみに親華的になり、遣貢することも多くなっていた。

時代は移り、唐は則天武后《そくてんぶこう》の代になっていた。隆盛を極めていた長安《ちょうあん》の都へ再び吐蕃王からの使者の列が訪れた。時の吐蕃のツェンポはチドゥソンになっていた。チドゥソンの使者は、文成公主の例に倣い、ふたたび美姫の降嫁を懇請してきたのだった。使者は七十九歳でなお艶冶《えんや》な粉黛《ふんたい》をほどこしている則天武后に、馬千頭、黄金二千両を献上した。女帝は吐蕃王の要請に快諾を与えている。

ところが、この降嫁の人選が定まらないうちに、ツェンポ・チドゥソンは南境に生じた叛乱《はんらん》軍鎮圧におもむき、陣中で戦死してしまった。

この時、王子チデックツェンが生れていた。王位を狙う人々が多く、王子の立場は不安定で危ぶまれていた。チデックツェンの祖母のチマロエは、親の顔も知らない薄幸な孫可愛さから、唐の強力な援助を必要と感じた。果されていない降嫁の約束を利用して、父王の求婚をその子の求婚にすり替えようと、必死になってこの政略結婚に取りすがった。

生れて間もない嬰児《みどりご》の花婿の為、賑々《にぎにぎ》しい遣唐使節の行列が又しても長安を目ざしていた。

すでに則天武后は、専制と栄華の果に死亡して、中宗《ちゅうそう》の代になっていた。

中宗はチマロエの必死の懇請に応《こた》え、甥《おい》の雍王守礼の娘、金城公主に降嫁の命を下した。

ここに赤ん坊の花婿に十四歳の花嫁が生れた。

佐藤さんは金城公主の話になると、私が身を乗り出すようにして熱心に聴くためか、次第に話に熱が入ってくる。

「ぼくの今やってる研究は、専らこの金城公主の夫となったツェンポ・チデツクツェンの年齢考察を極めることですよ」

私が金城公主の話をせがむ度、佐藤さんの口調はいつでも熱っぽくなっていた。

金城公主がいよいよ吐蕃へ出発したのは、それから六年ほど後で金城公主はすでに二十一歳になっていた。

「二十一歳ですよ。まさに花の盛りだ。赤ん坊だった花婿はようやく七歳。もちろん数え年です。こんな無茶苦茶な話ってありますか。痛ましいじゃないですか。ぼくはこの王の正確な年齢を調べあげたく、中国とチベットの文献をあさっているわけです」

「どうして、王の年齢が気になるんですか？」

「だって、考えてもごらんなさい。金城公主はおそらく、結婚相手の年齢など一切聞かされていなかったと思います。どうせ喜んでいくわけではない。いやだといえない立場だったのです。それで、はるばる心細い旅の果、ようやく着いた吐蕃で、自分の夫が七歳の子供だと知ったら、どうなります？ 文成公主は覚悟が出来ていて聡明《そうめい》な人物だったと思うんです。しかし金城公主は、降嫁の命が下った時、まだ十四歳だったのですよ。そのまま二十一歳になるまで宙ぶらりんで捨てておかれたのは、ずいぶんひどい仕打ちじゃないですか」

金城公主は中宗の養女となって降嫁しているが、実は中宗の甥の雍王守礼の子供だった。

雍王守礼は、高宗と則天武后の孫に当る。父の章懐太子《しょうかいたいし》は聡明の誉《ほまれ》高い人物だったが、皇太子の時、則天武后の寵愛《ちょうあい》した左道師明崇儼《めいすうげん》が殺された事件の首謀者とみなされ、母の武后から流刑された末、自殺に追いこまれている。

雍王守礼もこの事件で、十年余り宮中に幽閉され拷問を受けている。父に似ず暗愚で女色に溺《おぼ》れ、子供は六十余人もいたと伝わっている。常に遊び呆《ほう》けて数千貫の借金を背負っていた。才色猥下と酷評されるような伝説もある。それらも、あるいは帝位継承の望みを断たれた男の唯一の保身延命の方策だったかもしれない。

金城公主はこうした父の六十余人の子の一人としておよそ目立たない存在だった。吐蕃降嫁の対象として選ばれたのも、たまたま年齢がそれにふさわしかったというくらいの理由ではなかったか。

「こんな父親の子として生れた金城公主が幼い時から幸せな筈《はず》はない。ぼくはどうしてか、この公主が憐《あわ》れで気にかかってならないんです」

佐藤さんの言葉の熱にあおられたのか、私の胸にもいつしか金城公主の俤《おもかげ》がしっかりと住みついてしまっていた。

そんなある日、いつものように金城公主の話が終ったあと、ふっと佐藤さんが私のたてた抹茶を置くと、

「金城公主の小説書いたら読ませて下さい」

といった。私は驚いてすぐに返事が出来なかった。

「小説家になるつもりなんでしょう。あなたのいらっしゃる前、酒井さんからよく聞かされてますよ。彼女は小説家になるのが夢だと」

「まさか！　そんな話はでたらめですよ」

「いいえ、あなたは小説家になるつもりだったけれど、今は学究の妻として、内助に尽す夢の方が強くなっていると、酒井さんへの手紙に書かれたでしょう。何しろ、あの頃は毎日のようにあなたのラブレターが届いていましたよね」

私は益々《ますます》あわててことばも見つからなかった。佐藤さんの口調では、夫の酒井は私

からの手紙を幾分得意がって、自分の婚約者の文才を誇張して話していたらしい。

小学生の頃から小説家になりたがっていたが、東京の女子大に入ってからは、自分程度の文才の持主はざらにあることを思いしらされて、私はあっさりそんな夢から覚まされていた。

ただ一度の見合で話のまとまった夫との一年余りの婚約の間、毎日のように北京の婚約者に向って手紙を書き送ったのは事実だった。

その頃の若者たちは、戦時体制の中で古風に厳しく躾けられていた。中学生と女学生は道で行きあっても視線も合さないくらい、大人たちの監視の目を怖れていた。結婚の第一の条件は処女だった。大方の少女たちは淡い初恋くらいは抱いていても、恋愛らしいことも知らず、結婚に進んでいた。

私もその例に漏れず、恋の対象もないまま婚約したのだった。果さなかった婚前の夢の恋を想い描き、私は現実の婚約者に、自分の恋文で恋を育てていたのだった。その中には自分を性急に理解してもらいたく、小説家になりたがった幼い夢なども語っていた。

「結婚しても、せっかく志した夢を捨てることはないでしょう。小説も書いて下さい。金城公主にこんなに興味を示してくれるのも、小説に書くつもりかな、とぼくは話してきたつもりなんですよ。きっとあなたの夢は叶えられると信じています。学者もそうだけれど、小説家になるには、なろうという思いを持続させることでしょう」

その夜、私は外で会食してきた夫に、いつものように佐藤さんとの会話を告げながら、小説を書けとすすめられた話だけはなぜか口外しなかった。まるで打ち明けられた恋を隠すような後ろめたさと、不思議な甘い感情が私の胸をうるおしていた。

夫の寝ついたあとも目が冴《さ》えて眠れないまま、私は頭の中の原稿用紙に、公主の運命をたどたどしく書き綴《つづ》っていた。「吐蕃王妃記」という小説の題名が浮かんだ時、私はようやく眠気に誘われて、頭の中の原稿用紙にひときわ大きくその題を書きつけた。

ある日、ふたりの食事の後で、いつものように、

「御馳走《ごちそう》さまでした」

と挨拶をした佐藤さんの頭のてっぺん近くに、くっきりとした銅貨大の禿《はげ》を二つ発見した私は悲鳴をあげていた。

「どうなさったの、その禿」

佐藤さんは平然として、

「そうなんです。ぼくも気になってるんだけど、一つだったのが二つになっていて……。まだ増えるんでしょうかね」

坊主頭の髪の毛はいつも二分くらいのびていたが、そのヘアスタイルが、年より若く佐藤さんを見せてもいたし、小粋な感じも与えていた。その頭に洗いざらした藍木《あい》綿の中国服を着て、襟もとに白いワイシャツをのぞかせた大学生スタイルが、しっくりしていて、音もなくすたすた歩く姿は、まだ現役の大学生のようにしか見えなかった。髪の毛が黒く密生しているせいか、禿になったところが格別くっきりと浮き出している。

私は夫に伝染したら困るという恐怖から、早く医者に行って原因を調べてくれと懇願していた。私の口調のきびしさに恐れをなした佐藤さんは、ひたすら恐縮して、

「はい、そうします」

と、追いたてられたように部屋を出ていった。

私はその日、帰ってきた夫の頭髪を掻《か》きわけながら、禿のないことを確かめた。

翌朝、ドアの外に佐藤さんの字のはり紙があった。

「今から医者に行きます。今朝の食事はいただけません」

と書かれていた。

その日の夕食にはいつものように顔を出した佐藤さんに、私は性急に医者の診《み》たてはどうだったかと問いつめた。

「それが……原因は栄養失調だそうです」

恐縮がちに小声で答える佐藤さんの声を聞き、一瞬の間を置いて、大声で笑い出したのは夫だった。

私は笑うどころではなかった。眼が吊《つ》りあがるのを感じながら、鋭《とが》った声でわめいていた。

「栄養失調ですって？　私たちと同じものをさしあげてるんですよ。私たちだけで、お菓子ひとつ、果物ひとつ、かくれて食べたりしてませんよ。どうして、佐藤さんひとりが栄養失調なんて……」

声の終りは半泣きに震えていた。

「申しわけありません。ぼくの体が人一倍栄養を要求するたちのようでして……」

とうとう私は涙をこらえきれなくなって泣き出してしまっていた。

幸いなことに佐藤さんの禿もいつの間にか消え、私たち三人の食事は相変わらずつづけられた。そのうち、佐藤さんが、北京でももう入手し難くなっていた肉や魚の缶詰を食卓に誂《あつら》えるようになっていた。その出所が程なく判明した。

紅楼飯店から歩いて五分くらいの東単大街に日本人専用の配給所があった。中国人には粗末な食材を与え、日本人には白米や上等のメリケン粉を配給していた。酒も煙草も、内地よりはよほど豊かな配給量だった。そこには日本人の若い女性の従業員たちがいた。彼女たちの長に当り、配給所全体を取りしきっている女性がいた。気さくで陽気で誰にでも愛想《あいそ》のいい彼女は、配給所の人気者で、客たちにも好かれていた。北京に来て慣れない日本人のホームシックの相談相手まで引き受けて、力づけていると噂されていた。

澄子さんと人々に親しまれているその人から、佐藤さんに貴重な食品の数々が贈られていたのだった。

私が配給所に行く度、どこで見張っているのか、すぐ奥の事務所から走り出てきて親切に応対してくれる。必要なものだけ受け取った後、手早く別に用意されていたらしい紙袋を手渡してくれる。辺りをはばかるような手際よさなので、つい受け取ってしまい、帰ってから見ると、佐藤さんが時々差入れる品と同様の食料品が詰まっていた。

例によってふたりだけの食事の後で、澄子さん差入れの月餅《げっぺい》と中国茶を味わいながら、私は佐藤さんに二人の親交度を白状させていた。佐藤さんが配給物を受け取りに出かける飄々《ひょうひょう》とした姿を見初めたのは、澄子さんだった。いつか言葉を交すようになって、佐藤さんも澄子さんを意識しはじめていた。そのうち彼女の休日に誘われて下宿に招かれたり、映画館へ誘われたりするようになる。

禿事件の話もそのまま伝わっていて、高級食料品の差入れが急に多くなったわけも判明した。

その頃から佐藤さんの部屋を訪れる女客が目立って多くなったのにも私は気づいた。どの人も若く美しい。時には先客があるのも知らないで訪れる人もある。たまたま入口でそんな女客に出あわすと、私はさり気なく、

「今、お散歩中ですよ。三十分くらいしていらっしゃったら」

など、佐藤さんの客の調節役などしている。

ひとりっ子で姉妹のない佐藤さんと、二人姉妹で男兄弟のいない私との間には、いつとはなく気のおけない兄と妹のような親身な気易さが生じていた。

私の妊娠を夫の次に気づいたのも、毎日私の食欲を見ていた佐藤さんだった。

お腹の子が七ヶ月に育った頃、突然紅楼飯店に異変が起った。大家のミスター・シキンが飯店を大手の交通会社に売り渡してしまった。すでにシキンは金を受け取って

いて、住民の立退き交渉は買手にゆだねられていることも判明した。

飯店の住民たちは、それまでヨーロッパ並の個人主義を通し、互いの暮しに無干渉で通してきたが、事ここに至って、急に団結して立退き反対運動を始めることになった。

王府井《ワンフーチン》に歩いて三分の場所の好さと、赤煉瓦《あかれんが》建のロシア式の建物は、旧《ふる》びてはいても、昔の高級料理で評判をとっていたホテルの品位が少しは残っている。住民は一応文化人を自称しているような誇りが保たれている点などの理由から、立退く気持は一向になかった。

シキンは急に持ち上った住民の強硬な追及に恐れをなし、ある日、夜逃げのように一家をあげて上海に逐電してしまった。

後は買手の思うままに、応分の立退き料と、転居先の面倒を見るという条件に負け、なし崩しに団結交渉は崩されていった。

三ヶ月ほどかかったその騒ぎの最中、たまたま佐藤さんが急病になり寝ついてしまった。臨月近くなった私が四階まで食事を運ぶことは不可能である。ひどい腹痛だというので夫が懇意な医者に往診してもらうと、疲労と食あたりで安静にすれば治るとの診たてだった。禿の例もあるし、また私の食事のせいかと怯《おび》えたが、病人が澄子さんと外食した時の食べものが原因とわかって、私はほっとした。それなら澄子さんに看病して貰《もら》おうと思いつき、私はその場で澄子さんに連絡した。

澄子さんがその夜から泊り込み、佐藤さんの看病をしながら、配給所の勤めも果していた。近くで見ると、澄子さんの骨身を惜しまない至れり尽せりの看病から、働き者で気立てのいい人柄もよくわかってきた。完治するまで澄子さんが通いつめてきた。その時澄子さんから立退きの話が出た。

「佐藤さんの引越先は私が探してあります。でも佐藤さんはお世話になったこちら様が行く先も決らず、奥さまが身重でいらっしゃるので、最後までここでがんばってお二人をお見送りしなければ、自分は立退けないとおっしゃるんです」

私は、佐藤さんのお心は有難いが、自分たちこそ、佐藤さんの行き先も決らないのに見捨ててはいけないと思っていたのだと言いながら、ふと思いついて訊《き》いた。

「その新しいお家で、おふたりでお住みになるの？」

澄子さんの白い頰にたちまち血の色が上った。

たまたまその頃、夫が師範大学から、ドイツ系の輔仁《ふじん》大学へ助教授として迎えられることが内定していた。紅楼飯店の転居騒ぎを聞きつけた学長が、広い学長邸の別棟に移り、私の出産後、大学の用意した教授用住居に移ればいいと助言してくれていた。

「私たちは佐藤さんの行先も決らないのに、ここに一人残していくことがしのびなくて、引越の気分にもなれなかったのですよ」

と打ちあけると、澄子さんは顔を輝かせて、早速お互い引越そうという話になった。

私たちが佐藤さんより一足早く紅楼飯店を出る朝、佐藤さんと澄子さんが飯店の入口に並んで見送ってくれていた。

その日の午後、佐藤さんたちは、ふたりの新生活が始まる新しい家に移ることになっていた。

八月のはじめ、無事女の子の出産をすませた後の一年近くに、私は北京で四度引越している。それほど私たち夫婦の間にも戦争末期の世相の困難さが人並に迫っていた。

夫の輔仁大学勤務は半年もつづかず、今度は北京大学に転任した。肩書も給料も上ったが、もはや敗戦の色の濃くなった内地からは、ほとんど便りも届かなくなっていた。東京の文部省から送られてくる昔の大学の給料も一度も受け取られないまま、夫に突然召集令状が舞いこんできたのだった。あと三ヶ月で三十三歳になる夫は、軍服を着ると、頼りない少年のような表情になった。

夫がどこにつれて行かれたか不明のまま、はがき一枚も来ずやがて終戦になった。

病室には誰もいなかった。

部屋をたずねるついでにナース室で師長らしき人に佐藤先生の容態を訊いてみた。

「今夜がたぶん……と思われます」

という返事だった。

これまで病室には、ベッドの枕元の柵《さく》に小さな動物の縫いぐるみがいくつもぶらさがっているのが目じるしだった。

九十三歳にもなって縫いぐるみが好きな老学者も頬笑《ほほえ》ましい。もしかしたら、それは十年前に先立たれた澄子夫人の好みだったのだろうか。それともいくつになっても若い女性をお好きだったから、お気に入りの可愛い誰かにはじめて賜《おく》られて、それが趣味になってしまったのか。

仕事の忙しさにめったに訪れなかった私も、いつか外出先で可愛らしい動物の縫いぐるみを見つけると、それを需《もと》めるようになっていた。佐藤先生に、という気持からだった。そのくせ想いの十分の一も見舞いに行けていない。それでも先生に一度も私の無礼をとがめられたことはなかった。

「忙しい人なんだから……私だけにでも気を遣うのはよしなさい。あなたの消息は捨てておいても目に入り耳に伝わる」

笑ってそういって下さっていた。そんな気づかいを示してくれるのは、私の周囲では佐藤先生ひとりだった。新聞に小さく出た私の小説の批評まで、必ず切りぬいてくれていた。本を送れば、端正な小さなペン字で丁寧な感想を書き送って下さった。私は先生のやさしさに甘えて、何と失礼な御無沙汰《ごぶさた》ばかりしてきたことか。今更あやまってもすでに間に合わない。

ベッドの脇に寄り、近々と顔を見下す。

きれいに髭《ひげ》が剃《そ》られ、入歯が入っているのか、頬にも口許にも皺《しわ》が見えない。美しいおだやかな表情だった。ベッドの裾《すそ》の方に置かれたベッドサイド・モニターを調べに来たナースが、ベッドの横で立ち尽くしている私の方にちらと視線をよこし、

「あのう、こういう時は手を握って、やさしく撫《な》でたりして、大丈夫よ、大丈夫よといってあげて下さい」

と、儀礼的な口調でいう。

「はい、ありがとう」

私はベッドの中の佐藤先生の手を胸の上に置き直して、その手を両掌にそっとはさんだ。細い骨ばかりになった指が悲しいほどはかない。

「いつも先生のお世話していらっしゃる親類の方は今日はお見えじゃないんです

「ああ、あの方、夕方ちょっといらっしゃって、二時間ほどしたらおもどりになるといって出られましたけど」

か？」

　もう夜も更けている。たぶん澄子さんの末の妹さんの明子さんは、明日の葬式の準備で要所要所を駆け回っているのだろう。完全主義で几帳面《きちょうめん》なよく気のつく点は、澄子さんゆずりだ。顔や声まで、若い時の澄子さんに実によく似ている。いつでも臨終の時の姉に頼まれているからと言って、小一時間もかかる家から、根気よく通いつづけて先生の面倒をみていた。ここ一年ほどは老衰で入退院をくりかえす先生の世話を一手に引き受けている。とみに頑固にもなるし怒りっぽかった先生から、よくああいういぐさや仕打を受けてもお世話が出来るものだと感心していた。

　まさか九十三歳の大学者に、「大丈夫よ」とは言えない。あの世があるかないかなど、とうに先生は達観していらっしゃる筈だ。澄子夫人に思いがけず先だたれた時も落着いていられた。毎日病院へ通って長い時間そこで過されたと聞いている。

「先生は奥さまにほんとうにおやさしいのね」

　と私が思わずつぶやくと、渋い仏頂面をつくって、

「なに、これはヒューマニティーからですよ。誰でももうすぐ死んでゆく人間や犬や

猫にはやさしくしたくなるでしょう」

と云われた。私が思わず笑いそうな表情になるのを見ると、自分でも「うふっ」と笑った。

私は骨ばかりの指を一本一本撫でさすり、掌《てのひら》で包み直しながら、しみじみ語りかけることにした。

「長いおつきあいでしたね。さっき数えてみたらはじめてお逢いして六十五年も経っていますよ。私が二十一、先生は二十九歳でした。あの頃が青春でしたね。戦争中なのに、あの秋の北京の空の美しさは何だったのでしょう。地つづきで凄惨《せいさん》な殺しあいがされているなんて、考えられませんでした。飯店の入口で私たちを見送って下さった時のおふたりの姿が目に焼きついています。あれから急に周りが忙しくなって、お互い連絡もとらなくなりました。もうお逢いすることもないのかと思っていたら、終戦の日の翌日、先生が西単頭条胡同《フートン》の家に訪ねて下さいました。終戦の日、私はやっと職を見つけて運送屋にやとわれて初出社したばかりだったのですよ。その昼、主人に従業員みんなが集められて、あの天皇の詔勅をラジオで聞かされたのです。私はそのまま一目散にそこを飛びだし、春寧《チュンニン》に子守させてる娘の理子のところへ走って帰りました。春寧覚えていらっしゃいますか。十六歳の可愛い子でした。よく先生がからかってらしたでしょう。

家に帰って、無邪気に這《は》い廻《まわ》っている理子を抱きしめた時、この子を殺してはならぬと思ったのです。でも周りに誰ひとり頼りになる人のいない自分に気がつき、背筋が冷たくなるほど、淋《さび》しく悲しくなってきて泣きました。先生が訪ねて下さったとき、私は我にもなく、声をあげて泣きだしました。

『私たち殺されるんでしょうか。日本人は中国人にひどい仕打をしてきましたから。この子はどうなるんでしょう。あたし、どうしたらいいんでしょう』

しどろもどろにぐちる私に、先生はこわい目になって、私の肩を両手で強く押えつけて、

『しっかりなさい。あなたらしくもない。生きるんだ、どんなことがあっても。理子ちゃんを守りなさい。小説を書けばいい。小説を書く力があるのを忘れたのですか。ぼくも生きていく。誰も手をつけないチベットの研究をつづける。あなたがどうしてるか、心配でたまらなくなってきた。歴史はこうして繰り返し愚かなことをしてつづくんです。それでもこの世のどんな小さなことにも意味がある。あなたらしくなって下さい。あなたは強くて明るい人なんだ』

聞いているうちに叱られているのを忘れて、あり難さにまた涙がこみあげてきまし

た。

あの日以来、私たちは音信が絶えました。でも私が夫と子供を捨て家を飛びだし、京都に来てから、偶然三条の橋の上で再会したのです。覚えていらっしゃる？　あの時私たちはお互い、まさかと思ってすれちがい歩き出したのでした。先生がすぐ引き返して来られ、私の前に立ちはだかり、

『何だ！　やっぱりあなただった！』

と叫ばれましたね。先生は夫と子を捨て出奔し世間に非難される女になった私を、何もいわずに受けいれて下さいました。奥さまとふたりで、いつも私を守ってくださいました。そのため別れた夫との友情に一時ひびが入りました。ほんとに長い長い歳月です。でも生きてきてよかったです。少くとも本当の学者という人にめぐりあえただけでも。私のはじめての小説『吐蕃王妃記』が活字になった時、あんなに喜んで下さいました。この世のどんなに些細《ささい》なことにも意味があるというお言葉、忘れていません。どうせすぐお逢いできますね。だって私も、もう数えで八十八ですもの」

聴覚は最後まで残っていると聞かされている。私は佐藤先生に向って話しつづけた。

ナースと医者が静かに入ってきた。

モニターを見て、医者がいった。

「御臨終です」

そういう一日

今からおよそ四十年も昔の話である。

その年十一月十四日に、東北の名刹《めいさつ》中尊寺で、出家得度の式を挙げるという挨拶《あいさつ》状は、すでに知人たちに配達ずみであった。

出家遁世《とんせい》と放浪への憧《あこが》れは四十代半ばから私の心に棲《す》みついていて、日増にそれは強固に育ち、日夜心をそそのかしつづけていた。

その頃の私には、家はあっても家族はなく、離れて住む肉親はあっても格別の執着はなかった。お互い特に薄情なのではなく、もともと肉親愛が淡泊なのだろう。とはいえ、断ち難い愛執の未練のあれこれにまつわりつかれていて、それを振り切ってひとり旅立つ心の強さもないのであった。

自分の才能にさほど自信があるわけでもない癖に、無鉄砲にも家庭を捨て、才能だけが頼りの物書きの道を選んでしまった。若気の過ちと決めつけてしまうには、当時は自分の一途《いちず》さがいとおしかった。虚仮《こけ》の一念で、この道一筋にしがみつき、四十代には、どうにか物書きとして世間に通用する立場になっていた。長い切ない小説家願望が確かにこの手に捕えられたと思えた時、私はもはや五十歳になっていた。

私の母は五十歳で防空壕《ぼうくうごう》で焼死させられている。母の死を超える年齢を生きのびることに、人に語れない脅《おび》えがあった。

母は父と二人で一代で間口の広い神仏具商を立ちあげながら、およそ信仰心があったとは思えなかった。仏壇も神棚もわが家の商品にすぎなかった。肉親に死なれて涙ながらにその悲哀を訴える客の話に身を乗りだして親身に耳を傾け、客よりもおびただしい涙を流す。その涙の乾く間も待たず、「それでは新仏さまにお美しい仏壇に入っていただきましょう」と、真剣に高価な金仏壇をすすめている。

そのどちらの自分にも矛盾を感じているふうには見えなかった。十二歳で生母に死なれた母は、六人兄弟の長女として、それ以来弟妹の母代りになってきた。叔母《おば》の世話で、一度の見合で嫁がされた指物職人の夫に、母ははじめて恋心を抱いた。年毎に住みこみ弟子を増やしつづける夫に文句も言わず、弟子たちの面倒を見ながら、私たち姉妹を産んでいた。

いつから母が私のなかに文学的才能があると信じはじめたのかわからない。自分が店で客を迎えることと、いつの間にか十人も超してしまった少年の弟子たちの世話で、二人の子供の面倒見は手抜きにならざるを得なかった。

放任主義という都合のよい言葉があった。自分が子供の時から本好きだったことから、充分面倒を見てやれない姉妹に、本だけは存分に与えていた。

他にめぼしい娯楽もないので、本に読みふける幼い姉妹を見て、母は勉強好きな子たちだと都合のいい解釈をしていた。五歳の差があるのに、姉の本まで読みたがる私を見て、格別文学好きの幼女だと決めこんでしまったのか。産婆が私を取りあげるなり、この子は可哀そうに、一ヶ月は育つまいと、付添っていた母の妹に洩《も》らしたということを、頭から信じこんだ。けれども私は死ななかった。短命な子だからと、あわれがり、母は私には徹底的に甘かった。食物に好き嫌いが激しいのを叱りもせず言いなりにさせる。おかげで私はひどい偏食の子供に育ってしまった。

母は生涯父以外の男を知らずに死んでいる。

修身の教科書や教育勅語からぬけ出したように、何事に対しても道徳的であった。

仏教の信者ではないのに、言動はすべて仏教的で、無償の奉仕を常に無意識に行っていた。

母が心ひそかに望みつづけたように、私が作家と呼ばれるようになった時、母が生きていたら、どんなに喜んだかと思う一方で、もし母が生存していたら、私が家と家族を捨て去り不倫の恋をして出奔したことを、どんなに嘆いたか、いや、母は決して私のそんな行動を許すことはなかっただろうと思った。ことばもろくに話せない四歳の子供を捨て、善良な夫を裏切り愚かな恋に走る女など、母には許せるわけはないのだった。どんな手段を講じても、母は私を引き止めたにちがいない。それによって、私にかけていた長い夢をあきらめようとも、母は私の出奔を命がけでさえぎっただろう。

家を出て以後の、愚かな情事を性こりもなくくり返している私の姿など、死んでいて見なくてよかったと思っているだろう。

挨拶状が届いたといって駆けつけてくれた女作家の大御所がいた。常々伴《とも》もつれず出歩く人ではなかったのに、その日は一人で車を乗りつけてくれた。

「何という馬鹿なことを考えるんです。出家なんて、出来るわけないでしょう。あなたのように快楽好きの人に……。途中でつづかなくなって還俗《げんぞく》なんかしてごらんなさい。どんなにみっともないか、源氏にも書かれてるじゃありませんか」

彼女は『源氏物語』の現代語訳に没頭している最中だった。

「源氏の中の女君たちだって、出家はなおざりにはしていませんよ」

そこまでいって、ふっと緊張がゆるんだのか、ふいにいつものやさしい表情になり、たちまち目に涙をいっぱいためた。

「おかあさまが生きていらしたら、絶対、そんなことはさせません……。私の声をおかあさまの声だと思ってお聞きなさい」

私も両掌で顔を被《おお》って泣いた。

それでも私は彼女が満足する答えをついに返さないまま、帰してしまった。明らかに気分を害して引きあげていった大先輩を送り出したあと、私は母の魂が今、声を出すなら何と言って叱るかと思いつづけていた。

四十半ばをすぎて、夫の情事の一つだけにはじめて気づいた時、その場で自殺をはかったほど潔癖な人であった。母の辞書には「融通」という字がなかった。

病死か事故死した方がマスコミの騒ぎは少なかっただろうと、旧《ふる》いつきあいの編集者が、私の出家に対する世間の反応を笑い話にしていた。

たかが一人の女の物書きが、五十一歳の秋、出家することがそれほど重大ニュースになることか。私にとってはもう何年も心秘《ひそ》かに準備していた計画だったけれど、私を取り巻く世間では、私の印刷の挨拶状はいかにも唐突で奇異に受け取られたらしい。

男に捨てられたのか。

書けなくなったのか。

書き過ぎてノイローゼになったのでは。

もしかしたら不治の病気になっているのか。

さまざまな憶測が乱れ飛んでいることも矢継ぎ早に耳に入ってきた。戒師を引き受けてくれた中尊寺の貫主春聴《しゅんちょう》師は、青春時代新感覚派の旗手として前途を期待されていた小説家でもあった。この人も三十代に突然出家して何十年も筆を折っていた。格別深いつきあいでもなかったのに、方々の寺を廻《まわ》り受け入れられなかったあげく、最後に訪れて両手をつくと、その場で戒師を引き受けて下さった。

御自分の経験からか、一切理由など訊《き》かれなかった。

「急ぐんだね」

と言われただけだった。東京のマンションの仕事場だった。部屋は乱雑に本や原稿の書き損じでちらかっていた。裸婦の描きかけのデッサンが何枚も畳の上に投げ出されていた。大僧正猊下《げいか》は、まっ赤なトレーニングパンツとシャツスタイルで、ゆで蛸《だこ》のように漫画チックに見えた。それでもいつもとちがう厳粛な口調で、キッチンの夫人に声をかけられた。

「おめでたい話だから、香を焚《た》いてあげなさい」

夫人がさりげなく火のついた線香を運んでこられ、二人の間の座卓の上に立てられた。いきなり部屋じゅうに冷涼の香気が漂った。

「ここは仕事場で名香がない。しかしこの線香は伽羅《きやら》だから最高だよ。香を焚くということは、その場を清浄にすることだ」

私は威儀を正して座り直して両手をついた。

「出家させて頂きたいのです」

「御家族はどう言われている」

「家族はございません。両親はとうに死亡しています。姉が一人、父の残した家業を守っていますが、電話で出家すると告げましたら、あら、いい年貢の納め時ねと申しました」

「そのお姉さんが、得度式で一番泣かれるよ。肉親というのは泣くものだ。髪は？」

「剃《そ》ります」

「無理に剃らなくてもいいんだよ」

「私はだらしない駄目人間ですから、型からも、きちんと入らないとつづかないと思います」

「下半身は？」

「断ちます」

「ふむ。仕事は？」

「続けたいと思っています。でも出家したら書かせてくれない場合も予想しています」

「その時は？」

「ひとりで書きためておきます」

「わかった。あなたは尼僧になる前に、れっきとした小説家だったことを忘れてはならない。死んでもペンを放さないように。坊主とつきあうこともない。寺を持つこともない。書くために出家をするのだから」

言葉が出ず、私は再び両手をついて深々と平伏していた。

師僧も出家して後、三十年も文壇から消息を絶っていた。突然、新人の登竜門のような文学賞を受賞して、文壇に返り咲いた経歴がある。その作品は、天台宗の高僧の作とも思えない馥郁《ふくいく》とした時代小説であった。それ以来旺盛《おうせい》に書きつづけて現役の流行作家でもあった。

その日、得度式の日も決定してくれた。多忙を極めた師僧のスケジュール表は、年内では十一月十四日しか空いていなかった。得度の日までに八十日ほどしかなかった。急ぐとは答えたものの、それほど早い日取りは予想していなかったので、内心慌てた。しかし、この機を逃すと私は永久に出家が叶《かな》わないような気がしてきた。きっぱりとその決定に従うことを誓った。

ところが師僧はそれから程なく、腸のガンが発見され入院されてしまった。私の出家予定日の直前の手術で、得度式への出席は不可能になった。

手術を受けられる前に、師僧は私の得度式のためあらゆる手配をすませて下さっていた。代りの戒師までお願いして下さってあった。

出家直前に起ったこうした思いがけないアクシデントを、私は不吉な予兆とは一切感じなかった。

東京の師僧の仕事場で両手をついて以来、何か大きな車に乗っているようで、気分がひどくゆったりしていた。

もう今日は十一月十二日。得度式は二日後に迫っている。私は朝から夜なかまで、連日書きに書いてきた。連載をいくつもかかえていたから、出家後の分も書きだめる必要があった。出家後は書けるかどうか不明だった。その間に仏教のこともいくらか勉強しないと恥しい。余りにも無智《むち》で、お経の名も釈迦《しゃか》の弟子の名もろくに知らない。宗派やその開祖さえよく覚えていない。書きだめすることと仏教書を読むことで、睡眠時間は極端に削られていた。

これでは式まで体が持つかと思われてきた。心身朦朧《もうろう》となって、我知らず机にうつ伏してうたた寝していたらしい。その時、何かに頭を叩《たた》かれたような感じで、はっと目が覚めていた。目の覚める直前か、覚めた直後か、私は頭の中に、「仏教とは生きながら死ぬことなり」という声を音楽のように聞いた。若い男の声のようでもあり、老けた女の声のようにも聞えた。思いかえすと、寝起きの自分の声に似ていたかもしれない。

胸に動悸《どうき》が烈しい。あわてて冷たい水で顔を洗った。そうか、生きながら死ねばいいのか。確かに覚えているだけでも、私は三度自殺しそこねている。一度だけは本気だった。今度こそ死ねるのだと思うと、それを境に急に気が軽くなった。気がついた時、病院のベッドにいた。

それからも眠る間もない時間は続いていたが、もう私の顔は、本来ののんびりした表情を取り戻していた。それまでは人が脅えるほど、険しい醜い顔つきになっていたそうだ。

そんなにしても、身辺整理までは手が届かなかった。それは出家後の仕事に廻すことにして、着物だけは生き形見に分ける相手の名を畳紙《たとうがみ》に書きつけておく。

朝のうちにしなければならない重大なことがあった。

身支度もそこそこに師僧の入院している病院に向った。

ナース室をのぞくと、

「今、丁度いい時間です。あと三十分後に、朝の検診がありますから」

という。病室のドアを叩くと、師僧の明るい力強い声がかえってきた。

「お入り」

ドアを押すと、すぐ右側にベッドがあり、師僧がベッドに上半身を起していられた。手術後のせいで、さすがに普段の活力にあふれた精気は見られない。一廻り小さくなったような感じがする。そのせいか、表情が優しく和んで見える。

「明日、発《た》ちます。その御挨拶に伺いました。夏以来、ほんとうに有難うございました」

「そうか、私がこんなことになって、戒師をつとめられずすまなかった」

「とんでもございません。御病気の間も、ずっと私のことまで御案じ下さって、もったいのうございます」

「明後日の式の時間には、私はここでこうして体を起して、式次第の行われている間、ずっと祈りつづけてあげる。お願いした戒師さまは、私よりはるかに尊い高僧で、寛永寺の貫主だ。もったいないお方だよ」

「ありがとうございます」

「わざと戒師にお引き合せもしなかったのは私の計いだった。いいかね、あなたは小説家だ。今度の経験など、生涯に二度とはない一大事だ。普通は丁寧なリハーサルがあるのだけれど、私がお願いして、この度は強いてリハーサルはやめて頂いた。何もかも、はじめてその場面で、体当たりで経験しなさい。小説家として、全身で生涯に一度の感動を味わい受けとめることだ」

「はい」

「千年前から続いている細かい式次第を、心眼を開いて体験するがいい」

「ありがとうございます」

「何も心配はいらない。心を空っぽにして、すべてを戒師にゆだねてまかせきることだ。戒師はお釈迦さまだよ」

感動で声が出なかった。

「相当疲れているね。眠らないとだめだよ。さあ、行きなさい」

深々と頭を下げるしかなかった。雲の上を歩いているような感じで廊下を行くと、顔見知りになっている師長に出逢《であ》った。

「お逢いになれまして？」

「はい、今まで」

「先生はとても式のことをお気づかいだったのですよ、車椅子でも出かけられないかと御相談があったほど」

はじめて聞かされることだった。

「御容態はどうでしょうか？」

「万事良好です。何しろああいう御気性ですもの。病気の方が逃げていきますわ」

手術の直後、麻酔から覚めるなり、

「おれの肉を食らって肥《ふと》りやがった不埒《ふらち》なガンめ。ここへ持ってきてくれ、おれがそいつを食い殺してやる」

と言ったという話がマスコミに流されていた。

マンションに帰ったら、電話のベルが扉の外まで聞えていた。走りこんで受話器を摑《つか》むと、耳を叩きつけるような大きな声がほとばしってきた。待っていた柚木宗晴の声だった。

「何度かけても出ないから、どうかしたかと思って」

「ごめんなさい。病院へ挨拶に行ってたから」

「あ、まだだったね。仕事少しは片づいたか」

「一向に。とても仕事が多すぎて。明日予定通りには発てないかも」

「大変だ。おれが書いてやろうか」

笑いにむせかえりながら、

「売れなあい」

と返答する。笑わせて緊張をほぐしてやろうという気づかい。

「ありがとう。何日ぶりかで笑った。そちらも大変でしょう」

今月はいつもの連載の他に百枚の書き下ろしを引き受けているので、彼の方も大変なのだ。同業なので月刊誌の締切も同じなら、係の編集者も重なることも少くない。

まさか、これほど長く続く間柄になろうとは、お互いに思いもしなかった筈《はず》だ。

八年も続いてしまった歳月には、別れる話も何度も生じている。言いだすのは、いつでも私からで、その都度、突然、以前の熱度を取り戻し、巧妙な弁舌とあたりに響きわたる大声で言い負かされてしまうのが例になっていた。

「こんなに長い歳月続いているってことが、奇蹟《きせき》だとは思わないのか。あんたのような面倒な人間を辛抱出来る男なんか、おれ以外にこの世にいるものか」

「辛抱なんかしてくれって、頼んだ覚え一度だってありませんよ。飽きて情熱も消えているのに、後生大事にすり切れた縁にしがみついてるような状態が惨めで厭《いや》なのよ。私の美意識が許さない」

「飽きて情熱が薄れてるなんて女学生みたいな舌ったらずのことを口にするのが気恥かしくはないのか。何が美意識だ。第一、お飽き遊ばしてるのはそちらさまだけで、おれは一向飽いてなんかいないからな。面倒臭い女だけれど、これ以上退屈しない女は見つからないと今だって思ってるよ」

「今更、お世辞並べたって、その手に乗りませんからね」

そんな他愛ないいさかいを何度繰り返しただろう。

「結局、どの女よりも、あんたはきつい。決して許さない人だから」

「いつだって、何でも許しつづけてきたじゃありませんか」

「自分にきびしい人間は人にもきびしいんだ。あんたは自分の過失も許そうとしない。何でも白黒をはっきりさせないと気がすまない。曖昧《あいまい》にするゆとりがない。単細胞でけじめ主義で気短で早のみこみで……。何がおかしい？」

何度聞いても、そのあたりで私はふきだしてしまう。その通りだと納得してしまうからだ。

「けんかのパターンまで馴《な》れあいになってしまったその感覚の弛緩《しかん》が許せない」

「ほら、許せないだろう。自分で認めた」

いつもの口論のパターンであった。

何の誓約もなく始まった男と女の情事の間柄がこれほど長くつづいていることが確かに不思議であった。おれだからつづいたんだと主張する男の言い分を、いつの間にか私は心の中で認めていた。

ふたりとも、いつでも別れられる軽い情事だと思いこもうとしていた。

はじめて出逢った時から彼には妻子があり、妻は二人めの子を身籠《みごも》っていた。

私の方も家を捨てる原因になった年下の男涼太と、長い歳月の紆余《うよ》曲折を経て、ようやく同棲《どうせい》に漕《こ》ぎつけ、門柱にそれぞれの表札を打ちつけた家に暮していた。

そこへたどりつくまでの歳月が長すぎて、そこまで無理にかき立ててきた情熱の火が、今にも消えそうに衰えきっていた。

同棲したことをしまったと同時に思った心を、あわてて隠しつくろうのさえ、互いにありあり見えすぎていて、目の合わしようもなく心が白けてしまう。

涼太がこの家を出て、彼を恋い慕っている会社の受付の娘と暮すのは時間の問題だろうと私にはわかっていた。今度は私も、決して逆上して引き止めたり、引き戻したりはしないだろう。

出版社の依頼で四国へ講演に行くと告げた時、珍しく家に居た涼太が、膝《ひざ》の上で廻していたコーヒーミルの手をふっととめた。

「ひとり？」

「いいえ、三人」

あたりいっぱいコーヒーの匂いが濃くたちこめている。

片手にさげていた講演会のパンフレットを涼太の方にさし出した。

「へえ、凄《すご》いじゃないか。このメンバー」

久しく聞かなかった張りのある涼太の声がコーヒーの匂いをかきまぜた。

メンバーの一人は、最近若い読者に持てはやされている小説も評論も書く人気作家大友春樹だった。

半年前、外国の文学賞をとって話題を呼んでいた。

涼太を興奮させたのは、もう一人の作家だった。重く暗い難渋な文体で、荒廃した革命運動や、海底炭坑の朝鮮人労働者や部落民差別などに視点を据え、暗鬱《あんうつ》な主題ばかりを選んでいる前衛作家に、まだ眠りきっていない涼太の文学青年の名ごりの夢が刺戟《しげき》されたようだった。

私が柚木宗晴の作品を読んでいないことを誰よりもよく知っているのは涼太だった。

その日のうちに涼太は柚木の代表作といわれる作品の収められた単行本や文庫本を持ち帰った。

「これと、これくらいは目を通しておかないと恥かくよ」

そんな言い方にも声にも駆落ちまで企てた頃の涼太の若さがよみがえっていた。

出かける直前まで仕事に追われていた私に、せっかく涼太の買ってきてくれた柚木宗晴の本は、辛うじて一冊しか読めなかった。

自分とは余りにも異質の作家の重い小説は、どの頁にもすき間もなく虫の遺骸《いがい》がはりついているようで、睡眠不足の疲れた神経ではついていけなかった。

その朝、約束通りの時刻に出版社から寄こされた黒塗りの車が迎えにきた。

私たちの住居は元質屋だった蔵つきの家だった。質屋という商売柄か、大通りから横町に入り、横町から更にせまい路地の奥にあった。

車は横町までしか入れなかった。迎えに来た編集者にボストンバッグを持ってもらい、その後から私は路地を駆け出していた。車の中には写真で昨日覚えたばかりの男がおさまっていた。

初対面の挨拶もそこそこに車は横町から大通りへ出た。高松へは空路をとっていて、この車は羽田の空港へ向っていた。

道がこんでいて、予定より少し遅れたと編集者の滝川が言う。柚木の前の助手席に乗った滝川はものをいう度、斜め後ろにいる私の顔ばかり見る。大友春樹は飛行機嫌いで、国内の旅は、すべて列車にしているのだと私に説明する。

「忙しいんでしょう、よく出られましたね」

柚木が力強い気持ちのいい声で話しかけてきた。

涼太の持ち帰った本の印象と、すぐ隣に坐《すわ》っている小柄で華奢《きゃしゃ》な体つきの、色の白い男の印象が、あまりにも異質なので、とまどっていた。ノーネクタイのシャツもグレイの背広も尋常で、大学の講師や助教授といわれても不都合はない。全身から石鹸《せっけん》の匂いが漂ってくるような清潔感がある。

目も鼻も口も大きいが威圧的ではなく、黒ぶちのめがねの奥の目が、気になるくらい優しい。

「食べませんか、沖縄の飴《あめ》です。うまいですよ」

指でつまんだ黒飴を、両掌を重ねて受けとる時、男の白い指の繊細な優雅さに、はっとした。たしか少年の頃から、新聞配達したり、海底炭坑の坑夫をしたりして、貧乏と闘ったと読んだ履歴は何だったのだろう。

空港に着くまで柚木は大声で滝川に野球の話をしつづけていた。野球のさっぱりわからない私は、いつの間にか連日の睡眠不足で眠っていたらしかった。

肩を軽く押えられて目を覚ましたら柚木が間近で顔を見つめていた。おかしさをこらえたような表情があんまり間近でまぶしくて、私は一挙に目が覚めた。

「着きましたよ。よほど疲れてるんだな」

「いつもこうなんです。すみません。みっともなくて……」

機内は滝川の席が少し離れて、私と柚木は隣どうしだった。柚木は機内に落着くなり、ボストンバッグから分厚いゲラを取りだして赤ペンで校正をはじめた。私はまたうとうとしていた。突然、機体が急激に揺れはじめた。当分揺れる予定だとアナウンスされた。

柚木がゲラを抱きしめる形で、蒼白《そうはく》な顔で、

「怖くないですか？」

と訊いた。

「いいえ、旅慣れてますから」

「ぼくにしっかり摑まっていてもいいですよ」

柚木の方が突然の揺れ方の激しさに脅えているように見えた。

「怖いんでしょう柚木さん。私に摑まってもいいですよ」

柚木は一瞬私の目を覗《のぞ》きこむようにして、からかわれたとわかり、子供のように唇をとがらせた。

「なぜ、あなたは平気なんですか」

柚木の声が機内にひびき渡るように大きい。あわてて、手帖《てちよう》を破って書いた。

「筆談にしましょう」

柚木がすぐ私の手帖を破って、今、言ったことと同じことを書いた。また揺れた。

〝飛行機に乗る時、いつも、内心、これが墜《お》ちたらいいナと思っているから〟

〝テロリストめ!!〟

また大揺れがきた。

「ベルトをしめて下さい」

スチュワーデスが絶叫する。

私たちは思わず体を寄せて抱きあっていた。

「乱気流をこえました。もう大丈夫です。御気分の悪い方、申し出て下さい」

高松の空港に着くと、会の主催者たちが出迎えに来ていた。ホテルへ行く車の中で、柚木が訊く。

「あなたはこれからどういう予定ですか」

「私の出番は遅いので、徳島の人形師の家に取材に行く予定になっています」

「『人形師天狗《てんぐ》屋久吉《ひさきち》』という宇野千代さんの小説がありましたね。ああいう人形師ですか」

「天狗久《てんぐきゅう》は、その息子の代になっています。私が行くのは当代一の人形師大江巳《み》之介《のすけ》さんのところです」

「ぼくも行きます」

「えっ？　どうして……」

「こんなチャンスはまたとない。ぼくはもともと文楽が大好きなんです。浄瑠璃《じょうるり》だって少しくらい語れますよ」

まさかと思ったが、むげにも断れない。

ホテルにはもう大友春樹が着いて、ロビーで出迎えてくれた。片隅の椅子から徳島の私の生家を継いでいる甥《おい》の敬治が立ち上った。車を持ってきてくれていた。大江家でも待っているという。

敬治の運転する車に、当然のように柚木は乗りこんできた。人形師の家は鳴門の外れの徳島よりにある埃《ほこり》っぽい往還に面していた。看板もないささやかな家構えだった。往還に面した土間につづいて六畳くらいの板の間の仕事場があった。壁にも床にも人形の頭《かしら》が掛けてあったり、転がっていたりする。七十に近い巳之介は、昔の公家《くげ》のような品のいい顔をしていた。

しつこい風邪がぬけず、食欲がなく、体に力が入らないという。

徳島の新聞社のカメラマンが、巳之介と私が話している様子を撮ると、さっさと引揚げていった。私の取材は、もう調べがすんでいるので、ところどころのエピソードの確認をするだけであった。

仕事が終ったところで、私は改めて柚木宗晴を巳之介に紹介した。愕《おどろ》いたことに巳之介は柚木の本を三冊も読んでいた。

「東京に出てる息子が、先生のファンでして、送ってくれますので、へえ。息子はこんな仕事はつぎとうないと申しまして、多摩の奥に若者を集めて、何やら世直しのようなことをもくろんでいるようでござります。そんな夢のようなことが出来るこの世とも思われまへんのに……」

「そんなことない。息子さんはすばらしい人ですよ。さすがあなたの子供だ。そんな夢を抱くだけでも、すばらしい人ですよ」

「ありがとうございます」

巳之介は嬉《うれ》しさで興奮したのか咳《せ》きこんでしまった。

柚木はさっと側により、老人の丸くなった背を撫《な》でさすってやっている。女の手より美しいしなやかな指が微妙に背中を這《は》っている。

老人はうっとりした表情になり、咳もおさまり、おだやかな呼吸をくりかえしていた。

「気持いいでしょう。韓国の仙人に教えてもらったあんまの秘術ですよ。これできっと治ります。大体あなたのような名人がこんな道端の仕事場で、埃を吸って頭を造るなんて……。世の中間違ってる。こういうことをおれは許せないんだ」

声をつまらせていると思ったら、柚木は泣いていた。めがねを外し、洗いたてのハンカチで顔を拭《ふ》いて、私に恥しいのかそっぽをむいて洟《はな》をかんだ。

「もう行かなくちゃ……講演に遅れます」

あの日が私と柚木の生涯から抜け落ちていたら、長い歳月の深い喜びにも苦い苦悩にも無縁でいられたのだろうか。

「出家しようと思うんだけど」

と告げた時、柚木はテレビの前にあぐらをかいたまま、ブランデーを呑《の》んでいた。テレビの中からは歓声がどよめき、ホームランを打った選手が片腕をあげて疾走していた。

一口またブランデーを呑み、柚木はテレビの声だけを止めた。

声のない画面の試合のつづきを見ながら、おだやかな、実におだやかな声でいった。

「そういう方法もあるね」

私はその声を聞き終ると、ワーイと叫びながら、長椅子のクッションを柚木の背中めがけて投げつけた。

「喜んでる！　ほっとしてる！　しめたっと思ってる！」

私は泣き笑いをつづけながら、自分の声にうながされて、ほんとうに陽気になっていた。

「どうやって終りをつけようかと、悩んでいたのよね。ふたりとも……」

とめたって、決めたことは決行するだろうと、柚木は私を理解していた。

私より四歳も若いエネルギッシュな柚木が先に逝き、僧衣の私がそれを弔うことになろうとは、その時予想もしなかった。

骨

「遍路の会」の集合場所は、新幹線の新神戸駅の改札口前のロビーと指定されていた。長年家庭の主婦の暮しがつづき、集団行動には自信がない。万一指定の時間に遅れてはと、わたしは昨日から駅前のホテルに泊っていた。話し相手もない所在なさのまま、部屋の冷蔵庫の缶ビールをひとりで呑《の》みながら「遍路の心得」というパンフレットをのぞいてみる。

新横浜から乗った新幹線の中でもこれを見てきたが、はじめての四国遍路の支度に結構神経を遣ったせいか、列車が走り出すと、二十分もたたないうちに眠ってしまった。

パンフレットは「遍路の会」にこの旅の申し込みをした翌日、もう家に送られてきた。

新聞の旅の広告の頁の片隅に載っていたこの会の案内がなぜ目についたのか、今でも不思議な気がしている。もともと夫の雄次共々およそ神仏に対して信心気はなく、雄次は次男だったので、結婚しても、仏壇には縁がなかった。

去年の夏の終り、突然雄次に急逝されてからも、思いもかけなかった不幸に見舞われて度を失い、仏壇どころではなかった。

雄次の骨は骨壺《こつつぼ》に入ったまま、居間の茶簞笥《ちゃだんす》の上に、遺影と並べて置きっ放しにしてある。娘の美奈は、父の葬式のため、ニューヨークから帰国したが、仕事のためといってすぐ引きあげていったから、父の骨がどう扱われているかは知らない。雄次に可愛がられ、わたしより父になついていた美奈には、ついにあの事件は告げないまま、アメリカへ帰してやった。

美奈にバレエを習わせたのも、日本では最高といわれるバレリーナに弟子入りさせたのも雄次の計らいだった。

これからの女は自分の才能で生きて行くべきだと口癖にいい、美奈には踊りの才能があると信じこみ、五歳からバレエを習わせたのもその師匠のすすめで、ニューヨークへバレエの勉強に遊学させる時も、一人娘を手放す淋《さび》しさから反対するわたしを強引に説き伏せて、十七歳の美奈を送り出してしまった。

ところが美奈はニューヨークに渡って五年めにバレエより心を奪われる男にめぐり

あい、さっさとバレリーナから足を洗い、有能な弁護士との結婚を選んでしまった。三世の譲治《ジョージ》は、体つきから挙措動作のすべてがアメリカ人で、わたしは馴染《なじ》めなかったが、雄次は美奈が選んだ道だからと、反対するどころか、またしても乗り気にならないわたしを説き伏せて、結婚させてしまった。

「恭子は俺さえ居たら淋しくなんかないだろう」

とぬけぬけ言い、惰性的になっていた性愛にも、昔の情熱をよみがえらせてきた。

同じ出版社に勤めていて社内結婚したわたしたちだったが、雄次は結婚をバネに、さっさと退社して、物書きの道を選んでしまった。案じたよりも早く順調に仕事を増やし、気の利いたエッセイストとして、ベストセラーを幾冊も出していた。

美奈を妊《みご》もった時点で、わたしも仕事をやめ、家庭に落着いてしまった。

流行作家並に仕事の増えた雄次の秘書役の仕事で、結構忙しい主婦になっていた。

女好きのする人当たりのいい雄次は、結婚前は女との噂も絶えなかったが、結婚以来、そんな匂いもさせたことがなかった。つきあいで呑むことも多く、帰宅が真夜中を過ぎ、時には朝帰りになっても、必ず帰ってきて家をあけたこともなかった。

取材の旅が多かったが、それも予定通りにさっさと帰ってきて、すぐ机に向う律義さだった。

取材先の尾道《おのみち》で倒れたと報があり、駆けつけた時はクモ膜下出血で、すでに息が絶えていた。

眠っているような安らかな死顔を見た時、わたしは涙も出てこなかった。触った頰の冷たさと硬さに、夫の死を自分に納得させようと思うのに、どうしても現実のことと信じられず、ぼんやりしていた。

一昨日《おととい》の朝、出かける雄次を玄関で見送った。

「じゃあな」

とつぶやいて背を向けた雄次が、一たん扉の外へ出ると、突然引き返してきて、そこにまだ突っ立ったままのわたしの腰を引きよせ、気のこもった丁寧なキスをした。ようやく雄次の唇が離れた時、わたしは我にもなく上気した頰を両手で押えながら、

「何ごと？」

とつぶやいた。雄次は笑って、

「何でもない」

といい、ことばをつづけた。

「恭子がこせこせしてない性格で、助かってるよ。およそ家に神経を遣わないで仕事ができる」

「何？　改まって、ヘンね」

と笑って首をかしげるわたしに、笑顔を返しそのまま出て行った。

あれは、死の虫の知らせでわたしへの別れと感謝の表示だったのだろうか。そう思った時、ふいに体の奥から熱い涙がこみあげてきて、わたしはその場に膝《ひざ》をつき、両手で床を叩《たた》いて号泣していた。


そのことが起ったのは、通夜も葬式も町のセレモニー会館で終った三日あとであった。客足も絶えていた。

美奈はアメリカへの土産を買いに銀座へ出て、友だちと会食するといっていなかった。

森閑とした家の中で、どっと疲れが出て、ぼんやり坐《すわ》っていた時、玄関のブザーが鳴った。留守をきめこんで捨てておいたら、しつこくいつまでも鳴りつづける。根負けがしてドアを開けてみたら、そこに見知らぬ女が二人立っていた。前に立っているのはわたしより数歳若く見える小柄な女で、喪服のつもりか黒いワンピースを着ている。後ろに立ってうつむいているのはたぶん女の娘だろう。母親より背丈が高くなっている。

この娘も黒いツーピースを着こんでいる。

雄次の悔みに来た客だと直感する。

玄関のたたきに立ったまま通せんぼした形のわたしに向って、女客は深々と頭を下げ水晶の数珠《じゅず》をかけた掌《てのひら》を合せた。

「……この度は御主人さまにとんだ御不幸が……あのう、まことに厚かましくて申しあげ難《にく》いのですが、お骨を拝ませていただけませんでしょうか」

「あなたどなた？」

わたしの声はとがっていた。

「申しわけありません。松井しげのと申します。わたくしは、あのう……ずっと野沢雄次さまにお世話になっていた者でございます」

「お世話って……」

「はい、奥さまには申しわけございませんが……この子は野沢さまとの間に出来た娘、美希でございます。きは希望の希だよと野沢さまがつけてくれた名前です」

その時はじめて娘が頭をあげ、きっとした目でわたしを見た。

その表情が高校生の頃の美奈と双子のように似ていた。わたしは茫然《ぼうぜん》としてその顔から視線が外せなかった。美奈もその娘も、明らかに父親似だった。鼻筋の通った顎《あご》の細い顔立も、二重瞼《ふたえまぶた》の目の形も、人をじっと正視する視線の強さもそのままだった。

「ずっとって……いつから」

「はい……この子が十七ですから、十九年前からです。一人この子の前におろしています。申しわけございません」

女はまた深々と頭を下げた。頭の中がまっ白になって言葉の出ないわたしに女がつづけて言った。

「あのう……お骨をほんの少しでも、分けていただけないでしょうか」

「……」

「もし、御本宅で亡くなった場合、私どもはどうすればいいのか、お見舞いにも、お悔やみにも伺えないのかって訊《き》いたことがございます。そしたら、最期の時は自分でわかるだろうから必ずお前を呼んで会わせてもらうと申しました。でも奥さまが……っていいましたら、奥さまはそんな時、必ず許してくれるやさしいお方だと……でもまさか旅先で亡くなるなんて……娘が新聞の死亡欄で見つけたのです」

おとなしく内気そうに思える女だが、言いたいことはしっかり言う。

もし、雄次がうちで死ぬ間際にはじめて女のことを告白し、会わせてくれといったら、果して自分は女を呼んでやっただろうか。とんでもない。誰がそこまでお人よし

ていた自分が裏切られ、だまされつづけていたということが信じられない、それで、十九年間、信じきっていた自分が裏切られ、だまされつづけていた

になれるものか。十九年間、信じきっていた自分が裏切られ、だまされつづけていたというショックに、わたしは胸に火がついたように熱く燃えてきた。「お前」だって？……雄次はわたしには一度もお前という呼び方はしたことがなかった。恭子か、あなたか、かあさんだった。

雄次は小柄な骨細の女が好みだった。わたしの軀《からだ》が骨細で水飴《みずあめ》のように柔らかく自分の需《もと》めるままのどんな形にもなると喜んだ。この女はわたしより、もっと華奢《きゃしゃ》で骨がないように柔らかそうに見える。

雄次の体の下でもみくちゃにされたら、どんな形にでもなるだろう。わたしはこんな場合に、そんな想像の湧いてくる自分に戸惑った。二人を居間にあげ茶簞笥の上に無造作に置いてある骨壺の入った箱を女の膝前につき出してやった。その場を外そうと思うのに、下半身が突然しびれて身動きがとれない。

娘が手さげから、硝子《ガラス》の小ぎれいな蓋物《ふたもの》を取りだした。掌の中に入ってしまう小さなものだった。女が骨箱の白布を恭しく取り、箱の中の骨壺を取りだし、合掌してから蓋を取っている。わたしは目のやり場がなく彼女たちの動作のすべてを見つめている。新しい箸《はし》まで用意していて、それで二人して骨をひろいあげ、持参の器に移している。器の半分くらいまで黙々と骨を拾ってから、骨壺の蓋をして箱にもどし、白布

に包み直してもとの茶簞笥の上にもどして合掌した。

その時だった。女は私に背を向けて、自分の拾った骨の一片を硝子の器からつまみあげ、目にもとまらないほどのす速さで自分の口の中に投げこんでしまった。

女は雄次の骨をわたしの目の前で食べている。目を閉じ顎をあげ骨を味わっている。わたしはふたりの媾合《こうごう》の現場を目撃したかのように衝撃を受け、軀が震えてきた。

「お帰り下さい」

自分でもびっくりするような冷たい声が出た。

美奈にはどうしてもそのことを話せなかった。父を信頼しきり、誇りに思ってさえいる夢を破ることは出来なかった。

美奈以外の誰にも話せることではなかった。

最も愛し信じきっていた夫から二十年近い長い歳月裏切られていたのだという事実の重さは、ひとりでは持ち扱いかねた。重い秘密を持ちあぐねてわたしは不眠になりみるみる体調を崩していった。

内科の医者は、すぐわたしを心療内科に廻《まわ》した。カウンセリングの結果つけられた病名は鬱病《うつびょう》であった。

自分より若い男の医者に、どう問われても、わたしは悩みの根本の話を打ち明ける気にはなれなかった。

医者はそれも察していて、何度目かの往診のあとで言った。

「この程度の軽いウツは、海外旅行やお遍路をすると、案外けろっとよくなることが多いですよ」

雄次が死亡して以来、つとめて入りたがらなかった彼の書斎に入っていった。壁を埋めた書棚の一隅に、巡礼、遍路関係の本や地図が二十冊ばかり並んでいた。どの本にも付箋《ふせん》がおびただしくはさまれていて、赤ペンでラインが至る所に引かれていた。

わたしの記憶では雄次が遍路に出たということはないが、取材の途中で、四国に渡ったことがあったのかもしれない。彼が多忙になってからは、書くもののほとんどにわたしは目を通していない。遍路の文章があれば読んでもいいかなと思う。

あの女の出現以来、雄次の残した衣類や持物さえさわりたくなかったのに、久々で覗《のぞ》いた書斎は、そこに雄次が坐っているような馴染み深いあたたかな雰囲気があった。

「亡くなった人の魂は、この世に遺《のこ》した最も愛する人のところにいつも来ています。その人が幸福であるかどうかたしかめに来てくれているのです」

先日、朝早くいきなり聞えてきたラジオの尼僧の声が思い出されてきた。雄次の最も愛した人々とは、わたしでなく、あの親子なのだろうか。

物書きとしては欠点になりかねないほど陽気で単純明快な性格だと思いこんでいた雄次が、十九年間も複雑な秘密を抱いたまま二重生活を隠し通していたとは。高校時代からわたしに誠実を尽しつづけてくれていた輝彦から軽々と雄次に心を移した罰が当ったのだろうか。

どう心をまぎらわそうとしても、気がつけばあの親子の出現に捕われている。床に叩きつけようとした本の開かれた頁に、そこだけゴチックで書かれた文字が目に飛びこんできた。

生れ生れ生れ生まれて生《しょう》の始めに暗《くら》く
死に死に死に死んで死の終りに冥《くら》し

耳にもまるで詩のようにそのことばがどこからともなく聞えてくる。朗読の得意な雄次の声のようだと思ったが、繰返しそのことばが送られてくるうち、聞き覚えのない朗々とした男の声になっていた。

「空海のことば」という本の題を改めて見直す。

次の頁にはこんなことばが載っていた。

虚空《こくう》尽《つ》き、衆生《しゆじよう》尽き、
涅槃《ねはん》尽きなば
我が願《ねがい》も尽きなん

何という雄大な空海の悲願だろう。弘法《こうぼう》大師の衆生を救おうという誓願である。「宇宙がなくなり、人間が一人残らずいなくなり、仏の救いの必要がなくなったら、人を救おうという私の誓願もまた必要でなくなるだろう。けれども、この世がつづくかぎり、そこに生きる人々の悩みがつづくかぎり、衆生を救済しようという私の願いは決してなくなることはない」

欄外の小さな字の書きこみは、見馴《みな》れた雄次の筆跡であった。

弘法大師のこんな壮大な衆生救済の悲願に感応する雄次の心には、どんな煩悩が渦巻いていたというのだろう。

出発の朝のあの唐突な最後の接吻《せつぷん》は、雄次の懺悔《ざんげ》がこめられてでもいたのだろうか。

本を本棚に返した時、私は迷っていた四国遍路に行ってみようと心を決めた。

ホテルでぐっすり眠った朝、もう何度か家で練習してきた遍路の身支度をした。白いパンツに白い長袖《ながそで》ブラウスを着て、パンツには脚絆《きやはん》を巻き、手にも手甲をつける。笈摺《おいずる》を着て、輪袈裟《わげさ》をかけ、頭陀袋《ずだぶくろ》を首からかける。左手に数珠と鈴。足には白いスニーカーをはいた。パンツとブラウスとスニーカー以外は「遍路の会」から送ってもらった。

すげ笠《がさ》は何だか恥しいので手に持ってフロントへ支払いに降りると、ロビーでわたしと同じ遍路姿の女に会う。にこやかに笑いかけて近づき、

「お早うございます。あなたも『遍路の会』のお仲間?」

と訊く。北九州の上原阿紀子と、てきぱき自己紹介して、昨夜は神戸で仕事関係の集りがあったので、ここに泊ったのだという。自分の言いたいことだけさっさと言ってしまうと、こちらの返答など別に期待しているという風情でもない。

「あら、杖《つえ》は?」

と訊かれて、はじめてなので、バスの中で渡されるそうだと答える。

「あ、そうでしたわね。わたしはもう五度めですのよ。ほら、こんなに杖もちびて短くなってしまって」

と、片手の金剛杖をつきだしてみせる。

「ええっ、五度もですか」

「西国《さいごく》もこの会につれてってもらったから、それをいれると七度かな」

話しながら、二人は駅の方に肩を並べて歩きはじめていた。

「そんなにお遍路っていいものですか」

「病みつきになると、中毒みたいになって、むずむずしてくるのよ」

「何か願かけでも？」

「願かけというより……懺悔滅罪の行《ぎょう》ですかね」

「……」

「ふふ、大げさね。とても悪い女で、数々悪行を重ねてきたから」

「そんなふうには見えません」

「まあ、ありがとう。でも、人の旦那《だんな》を盗んだし、その奥さんを死なせてしまった」

わたしはふいに全身から冷汗がふき出て目まいがしてきた。倒れそうになったわたしを抱きささえ、上原阿紀子は紫水晶の数珠でわたしの肩から背を力をこめて撫《な》でてくれた。

「ごめんなさい、はじめてお逢《あ》いしたばかりなのに、えげつない不作法な話をしてしまって」

「どうして、あんなこと、わたしにおっしゃるのですか」

「ほんと！　あなたに向ってると、まるで観音さまのように無垢《むく》に感じられて、何でも自分の汚らしさを訴えて吐き出してしまいたくなったの」

「わたし、無垢なんかじゃありません。ただ……」

「ただ？」

「鈍感なだけです」

「ドンカン？」

「超鈍いということです」

もう目の前に駅の入口があり、中には一かたまりの遍路の白衣姿の人々が集っていた。

わたしたちが最後の到着らしく、みんながにこやかな笑顔を向け、誰からともなく拍手が湧く。わたしは照れくさくて上原阿紀子の背に隠れようとする。阿紀子はそんなわたしの腕をひっぱり、黒い衣《ころも》をつけた眉《まゆ》の半分白くなった僧侶《そうりょ》の前に引っぱっていった。

「遅くなってすみません。でもわたしたち、定刻に遅れたわけじゃありませんのよ。まだ五分前です」

とはきはきした声でいう。拍手をした人たちが声を出して笑っている。

「お先達《せんだつ》さま、こちらはじめて参加の野沢恭子さん、横浜の方ですって」

無駄な肉の一切ない、すっきりした僧侶が、爽《さわ》やかな表情でうなずいた。頰の色艶《いろつや》もよかったが、眉に白いものが半分ほどまじっていた。整いすぎたためきびしく見える容貌《ようぼう》を、白い眉が和らげている。

「よく来られました。みなさんと一緒に元気に行きましょう」

人数の点検が終って、わたしたちは駅の外に待機していたバスに乗りこんだ。

先達も、事務一切を引き受けたその侍僧も加えて、総勢四十三人だった。

女性が七割ほどで、夫婦づれも三組いた。

バスが走りだすと、先達の主唱で全員般若心経《はんにゃしんぎょう》を称《とな》える。遍路の道中の無事を祈るのだと説明がある。わたしのように、全く称えられない人たちも半分近くいるようだ。

つづいて各自の自己紹介が始った。

自分の席に坐ったまま廻ってくるマイクを持って名乗る。そういうしきたりになっているらしく、名乗るだけでなく、なぜこの遍路に入ってきたかなど、感想もつけ加える。わたしは驚いて軀を硬くした。こんな大勢の人前で喋《しゃべ》るなんて全く不得手なのだ。

「孫の子守をしていた時、ちょっと目を離した瞬間、三つの孫が車にはねられ、目の前で死なせてしまいました。嫁がそれ以来ウツ病になりまして……こういうわたしこそ死ぬべきではないかと、それをお大師さまに伺うつもりで……」

と声をつまらせる老人。

無事に家内全員健康で、今年金婚式を迎えたお礼参りにという夫婦づれ。

自分が大学を出たあと、どう進めばいいかわからないので自分探しにという女子学生。

ヨンさまの追っかけもするが、この遍路の会の追っかけも好きという女づれ四人組。

「家内をガンで死なせてしまいました。わずか三ヶ月の闘病です。生きてる間さんざん苦労かけたので可哀そうで、その菩提《ぼだい》を弔うつもりで」

といいながら、泣きだしてしまった男もいる。リストラされた夫の人格が変り、酒びたりになった。その夫を憎むようになった自分が恐ろしくなってと、うつむく人妻。

どの人もマイクを握ると、思いのたけを話す。恥とか外聞とかはないらしい。わたしは次第に気分が悪くなってきた。こんな人前で何をどう話せばいいのか。

その時、雄次と同年輩くらいに見える男が、低い声で独りごとのようにつぶやいていた。

「杉岡亮です。うっかり来てしまって……。なぜそうなったか、この旅で考えます」

わたしは、はじめてほっとしてその声の主の方につい目を移してしまった。眼鏡の奥の男の静かな視線が、わたしの視線を真っ直《す》ぐ捕えてくれた。あわててわたしが目を伏せても、その視線がわたしの顔から離れないことを額の皮膚が感じていた。

いつの間にか自分の横からマイクが膝に届いていた。

「お遍路すればウツが治ると聞いたので、うっかり参加してしまいました」

「うっかり」ということばをあの男から盗んだように思って、赤くなって男の方に目をやった。その視線をふたたびしっかり受けとめてくれて、男の目が、心なしか笑っているように感じられた。

こういう笑いをふくんだ目で見つめられた記憶がある。高校生の輝彦がバスケットの練習をしているのを見守っていると、ふっとわたしの居ることに気づいた時の嬉《うれ》しさをかくしきれないあたたかな目の色……。長年思い出しもしなかった輝彦は、もう行方も知らない。

中国で大きな建築の仕事をしているとか、故郷の資産家の娘と語り草になるような派手な結婚式をあげたとか、風の便りに聞いた気もするが、はっきりたしかめた覚えもない。

上原阿紀子はいつも元気で溌剌《はつらつ》としていた。誰よりもこの会の遍路に馴れているらしく、参加者の面倒見がいい。いつの間にか人々の相談相手にされ、落とし物の探し方から、かすり傷の薬の需《もと》め方まで頼られている。

先達の秘書役のように、どんな事務的なことも適切な処置をして、人々に安心と満足を与えている。

懺悔滅罪といった遍路の目的など、果す暇もないように忙しく身も心も働かせていた。

そんな中でも、わたしの様子を遠くから見守っていて、風のように近よっては、

「大丈夫？　無理しないで、自分のペースで動くことですよ」

と声をかけてくれる。この会は十泊十一日で八十八ヶ所満行コースだったが、二泊三日の阿波《あわ》一国まいりのコースも入っていた。わたしは集団生活になじめるかどうか不安だったし、ウツ状態も残っているので、試みのつもりで、はじめから阿波一国に申しこんでおいた。

「調子よさそうじゃない？　顔色もはじめよりずっとよくなってますよ。いっそ八十八ヶ所満願しませんか」

など誘ってもくれる。ふっとその誘いに乗りたい気分もしないではなかったが、やはり今度は阿波一国にしておこうときめる。

バスの旅といっても札所の駐車場でバスを降り、本堂と太子堂でお経をあげ、寺の自慢の庭など見物していたら、結構歩かなければならない。難所といわれている所も、自動車道がついて山の頂上までバスで行けるし、ロープウェイのついた寺もあるが、やはり札所と呼ばれる寺とは、多くは山の上にあり、高い石段の上り下りも結構体力を消耗する。

遍路の旅に出てみて、自分の体力が雄次の死以来、というより、あの女の出現以来、思った以上に衰弱退化していることを認めないではいられなかった。

「もし、迷惑かけるようなことになると悪いから、今度はやはり、阿波一国にしておきます。でも、時間をかけて、きっと八十八ヶ所完拝したい気になりました」

「あら、ほんと？　嬉しいわ。信心がなくてもお経をあれだけあげて廻れば、お大師さまがだまって助けて下さるのよ。わたしはその実感があるから五度も廻ってる」

「訊いていいかしら？　阿紀子さんはお遍路のベテランで、ほんとは一人で歩き遍路だってお出来になれるんでしょ？　なぜ、この会に参加して、人のお世話ばっかりなさるんですか」

鶴林寺《かくりんじ》へ行く長い山路《やまみち》だった。いつの間にかわたしたちは二人きりになっていた。

「ありがとう。恭子さんこそ知らぬ顔して、ずっとわたしを見守ってくれたのね」

「見守るなんて……ただほんとによくみなさんに尽していらっしゃるから」

「黙ってお別れするつもりだったけれど、ほんとのこと話すわね。実はわたし、この秋、出家します」

「ええっ、出家って、尼さんになること？」

「そう。思いつきじゃなくて、ずっと考えてきたの。出家させて下さいって、この会のお先達の瑞泉《ずいせん》師僧にお願いしたけれど、まだ早いってお許しが出なかったのよ」

「若いという意味かしら」

「若くはないわ。もう五十二ですもの。お願いした時は四十五、六だったかしら……年齢よりわたしの心が未熟だったのでしょうね。それからずっとひとりで行をしてきました。歩き遍路もひとりで二回してるのよ。この会にきてるのは、みなさんに奉仕するためで、わたしの行の一つです」

「ああ、びっくりした。人ってみかけによらないものですね。あなたのように美しくて、派手で、みるからに聡明《そうめい》な人が……」

「わたしは彼と結婚しようとは思ったことないんですよ。家庭をこわさせるつもりなんか全くなかったの。経済的負担も全くかけてなかったし、大人の情事だと思ってたのよ。でも、彼の奥さんにしたら、ずいぶん傷つけられたでしょうね。彼が肺ガンになった時、全く逢わせてもらえなかった……そして亡くなった一ヶ月めに彼女は後追いしたんです。亡くなった後でわたしに遺書が届きました。レターペーパー一枚に『あの世では水入らずで暮します』それだけ。その時、出家の決心がついた」

阿紀子の豊満な軀が、急に一まわり小さくなったように見えた。そのとたん、阿紀子は両掌で顔を掩《おお》ってしゃくりあげた。エメラルドの光る長い指の間から、涙があふれだしてきた。

わたしは思わず、倒れこんできた彼女の上体をしっかりと抱きしめた。

山道を登りつめた時、木かげからカメラを構えている男がでてきた。

「撮ってもいいですか？　ツーショット」

思いがけなく杉岡亮が待っていた。

「ハイ、どうぞ」

阿紀子が明るい声で答える。

「凄《すご》いカメラ……杉岡さん、カメラマン？」

「カメラも少しやりました。もと編集者だから、いろいろやらされまして」

「今は？」

阿紀子の追及に顔色も変えず、杉岡はすんなり答えた。

「失業中です。小さな出版社やってみたのがたちまちつぶれました」

わたしたちが遅れたので、もう礼拝は終り、一行は宿舎に入ったところだと杉岡が説明する。

「明日は太龍寺ですね、ここだけはどうしても行ってみたかった」

杉岡の弾んだ声を阿紀子がさえぎった。

「杉岡さん、行くじゃなくてお参りです」

「すみません、何しろうっかり来てしまったものだから、まだ信心が身にそわない」

「でも、お遍路してよかった？」

「まだ発心《ほっしん》の一国も終らないから、何とも言えないけれど……人間が厭《いや》になっていたけれど、人間って、不可解な動物だけれど、やはり、いじらしくて、かなしくて、せつない生きものなんだという気がしてきました」

「まあ、すばらしいじゃないの。それが御利益というものですよ」

「わたしもそんな気持かしら。夫にずっと裏切られてたことが死んだあとわかって、人間ってわけがわからなくなってたんです。でも……こうしてみんなのあとにくっついてただ遅れまい、迷惑かけまいと廻っている間に、ふと気がつくと、ずっと胸の中に大きな隕石《いんせき》みたいに固まって、離れなかった怨《うら》みや憎しみを、いつの間にか忘れている瞬間があるんですよね。その瞬間が、時間になったら、鬱陶しい気持を捨てられたってことになるのかしら」

「ああ、早く恭子さんの一瞬が時間につながりますように」

阿紀子が掌を合せてくれた。

「太龍寺ってそんなに魅力があるんですか」

わたしははじめて杉岡に質問している自分に驚いていた。

「弘法大師の書かれた『三教指帰《さんごうしいき》』の序文にあることなんだけれど、若い時の大師がある修行僧からお経をさずかるんです。それには『虚空蔵求聞持法《こくうぞうぐもんじほう》の真言を百万回誦《とな》えたら、あらゆる経典を暗誦《あんしょう》して理解する能力がさずかる』と説かれていたんです。大師はこれを信じて阿波の太龍岳にのぼり、この行をしてあのすばらしい記憶力を得たというんですよ。それをまた信じた男がいて、わたしと一緒に小さな出版社をつくった友人です。太龍寺に登って、ほんとにその行をしたんですよ。今、太龍寺にはその行のための籠堂《こもりどう》があるんです」

「それでその人、ほんとに頭よくなった？」

阿紀子が身を乗りだした。

「ええ、顔つきまですっかり別人のようになって。べら棒に記憶力がよくなった。ところが、現実の社会的常識や智識《ちしき》が子供みたいになって、えらい先生の原稿を乗ってきたタクシーの中に忘れてしまったり」

わたしたちは声を合せて笑ってしまった。

明日は早いから寝ようという阿紀子のことばに、杉岡と別れ、わたしたちは宿坊へ向った。

翌日、太龍寺へはロープウェイで運ばれ、平等寺、薬王寺と廻って、発心の道場阿波一国の二十三番を打ちあげた。

一国まいりを申しこんだのは、わたしの他に杉岡ひとりだった。わたしは一行に別れるその時まで、杉岡が一国まいりだとは知らなかった。

二人並んで、土佐の最御崎寺《ほつみさきじ》へ向って出発するバスを見送りながら、バスが見えなくなるまで手を振っていた。

「さて」

と、杉岡亮が声を改めた。

「これから、真っ直ぐ帰られますか？　それともふたりで八十八番までレンタカーで打ちあげてみますか」

わたしは声も出ず、ただ杉岡の顔をまぶしく見上げていた。

車窓

空気の気配でうたた寝からふっと目覚めた。遼子《りょうこ》の乗った東京行の新幹線は停まっていて、乗客がせわしなく通路から扉口に向って動いている。

新横浜らしい。確かめようと窓外に目をやると、遼子の席の車窓のすぐ側に下りの新幹線が留《とど》まっていた。向う側のプラットホームは遮られて駅名も見えない。

年の瀬が近づいたせいか、こちらも、向うも車内はほとんど満席だった。

見るつもりもなく目をやっていた向うの車の窓際の男客の横顔が自然に目に映る。

とっさに遼子は咽喉《のど》から飛び出しそうになった声を嚥《の》みこみ、腰を浮かせていた。

まさか。そこに浩平《こうへい》が居るなんて。

あれほど心を焼き尽す想いで、探し廻《まわ》った日々が、まるで前世の出来事だったように杳《とお》く感じられる。

他人の空似もあることだと、無意識に大きな手さげを窓際に立てかけ、自分の顔は見られないように用心して、目をこすり直し、しっかりと見直す。

眼鏡が黒縁から縁無しになっている。少し肥《ふと》った感じだが、ものを読む時、奥歯を嚙《か》みしめ唇をきつく結び、そのため口元に縦の線が浮び上った浩平の頰がそこにあった。何よりも、当時ひそかに自分で気にしていた右のこめかみの横に出たしみが、あの頃より更に大きく濃くなっている。

その時、頁をめくった左手の薬指の爪を男は当然のようなしぐさで嚙みはじめた。いくらたしなめても直らなかった癖。

もう間違いなく、それは浩平にちがいなかった。

相手が気がつかないのをいい都合にして、遼子は男から、いや浩平から目を離すことが出来なかった。

薄グレーのセーターに趣味のいいツイードのジャケットを着こんでいる。グリーン車に乗っているところを見ても、暮しはまともになっているのだろう。

ふいに車が動き出した。一瞬、どちらの車が動き出したのかわからなかった。遼子の目から男の横顔がすっと動き出すのを見つめ直した時、自分の乗った列車の方が走り出したのだと気づいた。

男のいる窓がスピードを増し視野から走り去ろうとした瞬間、男が本から目を離し、はじめてこちらを見た、と思った瞬間、もうその窓は遼子の窓から消え去っていた。胸の奥から、ざわめきがこみ上げてくる。

生きていた、という想いが一番強かった。

その感慨の中に何の喜びも伴われていないことに憮然《ぶぜん》とする。

あれから何年になるだろう。

浩平が出奔してから二年ほどは、寝ても覚めても、頭のどこかに浩平の姿がこびりついていた。

その感じは日によって、磨いても磨いても落ちない古鍋《ふるなべ》の底の汚れのように、鬱陶《うっとう》しく感じることもあれば、これ以上ない精密さで丹念に刺された中国の卓布の鮮やかな花鳥のようにまばゆいこともあった。

浩平は遼子の高校の同級生だった。サッカーの選手で、女生徒たちに人気があった。生真面目な優等生だった遼子は、他の級友のように、浩平の人気に気楽に乗っていけなかったし、年中誰かと噂のある浩平とは別世界の人種のように思っていた。

高校三年の夏の終り、忘れたノートを取りに戻った教室に、ひとり本に読みふけっている男の生徒がいた。浩平だった。愕《おどろ》いて立ちすくんだ遼子はなぜか全身が麻痺《まひ》したようになって身動きができなくなった。

機嫌の悪い表情で、顔をあげた浩平は、闖入者《ちんにゅう》が遼子だとわかると、黙って立ってつかつかと遼子の前に迫った。

「どうして前川は僕を無視するんだ」

「そんなことしてないわ」

「してる！　いつだって目障りそうに冷たい目をそらしてる」

「そんな！　思い過しよ、独断だわ」

その時もう浩平の強い掌《てのひら》に両肩を摑《つか》まれていた。

「誰か……来て」

といいかけた口を浩平の大きな唇でふさがれていた。遼子にはすべてがはじめての経験で、頰から血がひいてしまった。浩平は手早く遼子を脇にかかえ直すと、敏捷《びんしょう》な動きで窓のカーテンを引き、入口の扉に鍵《かぎ》をかけた。

申し合せたように、その時激しく雷鳴が轟《とどろ》きはじめ、教室の中がすっと昏《くら》くなった。

後になって、何度その時を思い返しても、遼子は自分が抵抗した記憶を呼び返せない。

激しい雷雨の音をむしろ弾む気持で迎えていたような気さえする。

浩平に引き裂かれた肉の痛さに胸の上の浩平の軀《からだ》を押しのける代りに、相手の厚い胸に呻《うめ》き声と共にしがみついてしまったことは覚えている。

新しい学期からは死物狂いの受験勉強が待っていた。進学校として名が通っていたので、目ざす大学入試のため、誰もが血眼になっていた。

ふたりで密事にふける余裕などは全くなかった。

浩平はサッカーで名の通った大学にすんなり入れたし、遼子は望みの名門大学にい い成績で入った。

新しい大学生としての生活に忙殺され、ふたりはそれぞれの道を歩き、逢《あ》うこともなかった。

雷鳴の教室での経験は、遼子の心の片隅に消えかかった虹《にじ》のように薄く残ってはいたが、強い執着や後悔の念はなかった。

卒業以来はじめて高校のクラス会に出席しなければ、浩平との再会はなく、その後の甘い生活の陶酔も、それを打ち消して余る心の痛苦もなかった筈《はず》であった。

会の当番に当った映子から遼子の勤めている出版社に何度も電話がかかってきた。

「ね、今度は出てきてよ。一度も出ないなんて仁義に欠けすぎよ」

仁義を持ち出されて思わず笑ったら、映子の張りのある声が弾んできた。

「谷浩平がね、昨日訊《き》いてきたのよ。遼子は来るのかって。遼子が出るなら出るって」

「え？　何で谷さんがそんなこと言うの」

「こっちが伺いたいわね。だって谷と遼子は、だったんでしょ」

「ウソ！」

「そのあわてた声が証拠ね。遼子のあだ名知らないんだろ」

「あだ名で呼ばれるほどみんなに好かれていなかったわ」

「そうらみろ、知らないんだ。それはね、孤高の人っての」

思わず吹きだした遼子の笑い声に、益々《ますます》調子に乗った映子が言いつのった。

「勉強ばかりしてつきあいの悪い奴は、そんなあだ名つけられるのよ。お高くとまった孤高の人を女蕩《おんなたら》しの浩平が落したってことはニュースよね」

「えっ？　何のこと」

「とぼけたってだめ！　知らぬは孤高の人ばかり」

遼子は絶句した。

「だからさあ、とにかく出てよ、みんな遼子を大歓迎するからさあ。何より谷浩平を喜ばしてやってよ」

迷い迷ったあげく、会に出席しないではいられなかった。

昔のクラスの半数以上が集っていた。出て見ると映子の言った浩平との噂など全く映子の造り話だったことがわかった。誰もそんな噂には露ほどの関心もない風情だった。

浩平はやや遅れてやってきた。会場に入るなり、「やあ」と遼子だけに向って片手をあげて真っ直ぐ近づいてきた。傍若無人なそんな動作が厭味《いやみ》でなく許されるところが、浩平の人柄だった。

目の中いっぱいに懐かしさをあふれさせて、浩平は悪びれず遼子の隣に坐《すわ》った。

「元気そうだ、よかった。仕事うまくいってる？」

「ありがとう。まだ夢中でまごまごしてるけど結構楽しい。谷さんは」

「うん、大丈夫。サッカーやってればいいんだから」

サッカーの強い製薬会社に入った浩平は、いきいきした表情をしていた。

すぐその席から男たちのいる席に移り、賑《にぎ》やかな笑い声を湧かせている。

立ち際にす早くテーブルの下で遼子の手を握り強く小指をからめ合せて去った。

そのしぐさが一挙にあの雷鳴の中での出来事を思い出させた。

ことのあとで、すぐには立ち上れなかった遼子を優しく助け起した浩平が、真っ直ぐ遼子の目を見つめながら言った。

「ずっと好きだった。今、もっと好きになった」

言いながら、遼子の手を取り、握りしめ、小指をからめ合せて強くしぼった。

この結びつきを、もっとつづけようという意味に遼子は受け取った。

ところがそれっきり浩平からは何のサインもなかった。こちらから誘うことは遼子の自尊心が許さなかった。何度も手紙を書いたが一度も出さなかった。そのうち、そんな自分が腹立たしく、試験勉強に無理やりねじ向けていったのだった。

出来心で弄《もてあそ》ばれたと思うことは、自分のプライドに対して許せなかった。

そのうち、あれは現実にあったこととも思えないような儚《はかな》い記憶に薄れていった。

浩平を無視することで、辛《かろ》うじて自分の自尊心を守っていたような気がする。

いつでもはしゃいでいてお祭りというあだ名のついている映子は、今日の高出席率と盛会を迎えていつにもまして上機嫌になっていた。

二次会へもしっかり遼子の手を握って、

「逃げたらだめよ」

と放さなかった。

最近覚えた焼酎《しょうちゅう》の水割りを何杯呑《の》んだかわからないうちに、遼子は足を取られて歩けなくなっていた。

誰かが両脇から支えて運んでくれたのは、おぼろげに覚えていた。

目が覚めたら、見覚えのない天井の下のベッドに寝かされていた。

「あ、目が覚めた？」

と、すぐ側で発した声は浩平だった。

飛び起きようとしたら、目が廻った。

「ひどく酔ったんだよ。映子と僕で、ここに運びこんだ。映子は松島と約束があるって帰っていった」

「わたし、あのう……変なこと言ったり、したりしなかったかしら」

「大丈夫。酔っぱらっても孤高の人は慎み深いねって映子が感心していた」

「いやだ、浩平まで」

「さっき、眠りこむ前にね、何度もコーヘイって呼んだの覚えてない？」

「えっ、やっぱり、何か言ったんだ」

「言っただけじゃないよ」

「……」

「覚えてないみたいだから、やり直そう」

有無を言わさず、浩平の腕が伸び、手が優しく動きだした。

浩平は終始、優雅で遼子は自分が壊れ易い古美術品にでもされているような気分になった。浩平の動きをひとつずつ確かめながら、リズムに乗せられて二人でペアで踊っているように、軀が自然に浩平の動きに従って応《こた》えていく。日常にめったに使わない甘美という言葉が浮んできた。

どんなに激しく動いても、この行為は甘美なものなのだと遼子は軀のすみずみで納得していた。

終っても浩平は腕を遼子の軀に巻きつけたまま横になり、遼子の肩に頭を預けていた。

ふと、安らかな浩平の寝息を耳たぶのあたりにほの温かく感じてきた。

こんな安らぎはかつて味わったことがなかったと、遼子は眼尻《めじり》に泪《なみだ》が伝っていくのを感じていた。

顔も覚えない幼い頃、母が二度めのお産で死亡し、生れた弟もすぐ母が連れていった。

祖母や伯母《おば》に育てられた遼子は、いつでもここが自分の居場所ではないという想いから逃れられなかった。

父は遼子が小学校に上る時、遼子のためという名目で再婚したが、遼子は継母になつかず、すぐ祖母や伯母の許《もと》に行ってしまう。遼子より二つ年下の男の子を連れ子にしてきた義母は、遼子に脅《おび》えて、何度も里に帰っていった。その度父は遼子をなじり、義母とその子を迎えに行った。

父と義母の間に女の子が生れた。遼子の妹は笑子と名づけられた。笑子は名前通り、笑顔が愛らしく家じゅうに笑い声を起こさせた。

笑子の顔の上に遼子が縫いぐるみの熊を押し当てていたと、義母が父に訴え、激しく父から責められたのは、笑子の初誕生日の頃だった。

「そんなことしない」

の一点張りで、決してあやまらない遼子は、生れてはじめて父から体罰の折檻《せっかん》を受けた。

それでも遼子はしていないと言い張った。祖母の家に逃げこんだ時、遼子は義母がしたように妹に見立てた枕に上から乗りかかり、縫いぐるみの熊を押しあてる動作を真似して泣きわめいた。

祖母は、父と義母に呪詛《じゅそ》の言葉を吐きつづけた。

「こんないたいけな子を夫婦して苛《いじ》めくさって、畜生じゃ。あいつら、今に罰が当るぞ。安心おし遼子、ここでばばがしっかり守ってやるからな」

「罰ってどうしたら当るの」

「嘘をついたら当る」

遼子は背筋がすっと冷たくなった。決してやらないと繰り返してきたのに、この期に及んで、遼子は漠然とした不安が胸に煙のように拡がりはじめたのを感じていた。

義母が何度も父にして見せた行為を繰り返し、自分もそれを見せられているうち、あんなことを、いつか、自分もしたのではないだろうかという気持が漠然としてきた。それは、言いしれぬ不安を伴った感情だった。縫いぐるみの熊のぽってりした感触が、掌にありありとよみがえってくるようだった。自分の体の真下から無心に笑いながら見上げている笑子の笑顔を見たような気がしてきた。

腕に力が入り、全身が硬直した。遼子は声を放って泣きだした。自分というものが宙に浮いて漂っているようで限りなく頼りなかった。

本当にわたしは笑子を殺そうとしたのだろうか。あるいは夢の中で同じことをしたのであろうか。

自分の考えや感情は、何ひとつ間違いがないと信じられるのだろうか。

遼子は自分という存在にすっかり自信をなくし、生きている意味さえわからなくなってきた。

祖母は遼子に優しかったが、早死にした遼子の母の早苗《さなえ》を惜しむあまり、何かにつけ想い出話をしたがった。

「美人薄命とはよくいったものだね。早苗はほんとに器量よしだった。どこを歩いても人が振り返ったものだよ。遼子はどうして母さんに似なかったのかね。頭はいいのに、器量の方はね」

悪気のない感想だけに、遼子には祖母の言葉が辛《つら》かった。

「女は頭が悪くても、器量さえよければ幸運を摑むのに」

そんな言葉まで祖母の口から容赦なく出た。

遼子はその都度、笑顔を作って面白そうにうなずいていたが、内心祖母の言葉は毒針になって、ひとつ残らず心に突きささっていた。

中学二年の春、ノイローゼが重症になり、休学しなければならなかった。カウンセリングをしてくれた女医が、遼子の病気の原因を探りあてくれたおかげで、自分が不美人で人から愛されない人間だという強迫観念症とコンプレックスを克服することが出来た。

学校に復帰した遼子は、あるがままの自分を受けいれ、得意の学業に一途《いちず》に専念する優等生の見本のような少女になっていた。

そんな遼子は級友から男女を問わず信頼されていた。親友と呼ぶほど親しい友人のないことも前ほど苦にならず、淋《さび》しがる感傷からはすっかり抜け出していた。入りたい大学も、その後の職業も自分で選び決めていた。

浩平に出会わなければ、遼子の半生はごく平凡な色どりになっていただろう。むしろ、クラス会に出なければといった方が正確だろうか。

クラス会の後、浩平は当然のように遼子のマンションに泊るようになった。遅まきながら漸《よう》く芽生えた遼子の官能は著しい速さで発達していった。女出入りの多いことで知られた浩平は、遼子と居ても、しきりに電話で女たちと連絡をとっていた。

祖母と暮らしていたマンションは3LDKで、祖母の遺産の一つだった。電話も二つの部屋についていた。浩平は、女との連絡の電話は奥の遼子の寝室のものを使った。居間の受話器を取れば、自分の電話の会話がそのまま聞えることに気づいていなかった。

遼子は浩平の女たちのひとりとされても不都合はないと考えるようになっていた。

今の出版社の仕事が性に合って面白かったし、それを結婚でやめるつもりなど全くなかった。

浩平が当然のように来たい時遼子の部屋に泊るようになっても、結婚の約束などせがんだことがなかった。

本気で遼子との結婚を望んでいる会社の同僚もいたが、遼子は心を動かされなかった。

自分以外の浩平の女たちに嫉妬《しっと》するには、誰が本命なのかわからなく、嫉妬の鉾先《ほこさき》の向けようがなかった。

そんな頃、浩平がサッカーの試合で大負傷をした。脊髄《せきずい》の骨折で、一命に関る大怪我だった。映子からの連絡で浜松の出張先でその事実を聞いた時、遼子は自分の背骨が折れたような全身の痛みに襲われ、立っていられなくなった。予定より二つ早めた新幹線に飛び乗った時も、軀の震えが止まらなかった。

一度も考えたこともない浩平の死が、現実のものとして目前に立ちふさがってみると、何の約束も制約もない自分たちの関係の曖昧《あいまい》さが、初めて異様なのだと思い知らされた。

仕事の邪魔にならない男と、情事の快楽を共にするという安直な態度に下された罰の鉄槌《てっつい》だと思った。

病院に駆けつけると、すでに手術は終っていた。手術室に最も近い待合室と廊下に女たちが居並んでいた。

ここでも映子がてきぱきと動き廻り、人員整理のような役目をしていた。映子は遼子の姿を見届けると、軽くうなずいてみせ、せかせかとナース室へ入り、情報を確かめているふうだった。濃い化粧が似合う派手な顔立ちだが、今夜の映子は化粧もはげかけ、鼻の脇に脂が光っている。濡《ぬ》れたように見えるルージュも唇をはみ出していた。

ようやく遼子めざして進んでくる映子の真剣な緊張した表情を目にした時、遼子ははっと気がついた。映子もまたここに集っている女たちの中の一人だったのだということに。映子に決った恋人がいたところで、浩平と情事を分けあうのに不都合はないだろう。どうしてそれに気づかなかったのかと、遼子は自分を嘲《わら》いたくなった。

「相当重症らしいの。手術はまあ成功だけれど、もうサッカーは出来ないでしょうね」

他の女に聞かせたくないかのように、廊下に引っ張りだして映子は囁《ささや》く。

「今夜逢えないんでしょう」

「さっき手術が終って、集中治療室へ運ばれたから、無理」

「この人たち、なぜここにいるの？」

「心配だからに決ってるじゃん。少しでも情報を知りたいのよ」

「みんな浩平と？」

映子がようやくいつもの表情と声に戻って言った。

「見れば解るでしょ。さっき、浩平の会社の部長が来てたけど、さすがにびっくりしてた」

「映子さんも、だったわけね。ノーテンキだから気づかなかった」

「妬《や》いてるの？　怒ってるの？　この期に及んで」

「どっちでもない。ただ、そういうものかと認識しただけ。映子さんこれからどうする？」

「わたし、もうちょっと様子見てようかな」

「ご苦労さま、わたしは帰ります」

「えっ？　帰るの？」

「だって、ここでこの人たちと青い顔してため息ついてたって仕方ないでしょ」

「ふうん、孤高の人は理性的なんだ」

「そうじゃないって。居たたまれないのよ。ひとりになりたいの」

「そっか」

その時、待合室にざわめきが起った。一人の女が背の高い男をお供のように従えてやってきた。男が、待合室の壁にもたれて目を腫《は》らした、破れジーンズの少女めいた女に声をかけている。

「サッカーの谷浩平の手術、もう終ったの？　知らない？」

映子がすっと男の前に立ちはだかった。

「この隣にナース室があります。そういうことはそちらで訊いて下さい」

映子の抗議口調にたじろいだ男の横から、つれの女が身をひるがえしてナース室へ向った。

髪を人参《にんじん》色に染め、サングラスをかけた女は高い細いハイヒールを履いていた。自作の詞に自分で曲をつけ、ピアノの弾き語りをして、最近とみに人気の出てきた歌手のマキ岡村だった。女たちの囁き声から、その女の素性がわかった時、遼子はナース室から興奮して威丈高に云いつのっている女の声を耳にした。

「身内なのよ。肉親です。それでも逢えないんですか。このまま死んでもですか」

ナースが落着いた声でなだめるように、病院の規則を説明している。

女の疳高《かんだか》い張りのある声に遼子は聞き覚えがあった。浩平と女の電話を、全く聞くつもりもないのに間違って別の受話器で耳にしてしまったのだ。

「うそっ！　いいかげんにしてよ。十一時になんか来ないでよ。自分で八時といったじゃない。そういう浩平のいい加減さがもう許せないんだ」

「わかってるよ、すぐ行くよ」

浩平は奇蹟《きせき》的に傷は恢復《かいふく》した。普通の生活は可能になったが、サッカーの選手としては使いものにならなくなってしまった。

試合中の事故なので、半年の治療休暇は与えられたが、先行の目算が立たなかった。

遼子は祖母の遺産の不動産を処分すれば、浩平ひとりを養い通す自信があった。

推理小説の好きな浩平はベッドの横に堆《うずたか》く本をつみ重ねて、終日それに読みふけっていた。

「おれ、仕事やめたら推理小説書いてみようかな」

「あ、それいい案ね。うちの社で出してベストセラーになって、別荘でも建ててもらおうかしら」

幸か不幸かマキ岡村は、新曲が大当たりをとって、カナダからアメリカに巡業中だった。

平和な落着いた日々がつづき、遼子は自分の不運はもう取り除かれる時がきたのかと思ってきた。

その日遼子は朝からそわそわしていた。三日つづきの連休の最終の日だった。台所に入りきりで、遼子は料理に熱中していた。愉《たの》しい秘密を胸に抱いて、鼻唄《はなうた》でも歌いたいような気分だった。家じゅうの花瓶にせい一杯ゴージャスな花を飾りつけていた。

長い時間、料理に夢中で浩平に悪かったと思い、

「お茶にしない？」

と居間に声をかけたら浩平がいなかった。

奥の寝室から押し殺した浩平の声がする。

遼子は無意識に目の前の電話の受話器を耳に押しあてた。

「……だめ！　一ヶ月も巡業して帰ったばかりなのよ。飛んで来るのが当り前でしょ、だめ、だめ、だめ、言いわけなんか聞かない。すぐ来るのよ」

遼子が受話器を置いてキッチンにかくれると、浩平がそそくさと着がえて、そっとキッチンに顔を出した。

「今から出る。きっと今夜じゅうに帰るから……あいつが帰ってきたんだ」

殊更に渋面を作ってみせる。

遼子は足をふん張って、あの女より疳高い声を張りあげた。

「だめ！　行かせない！　今夜は絶対、どこにも行かせない！」

浩平は困りきって半泣きの表情になった。

「遼子、わかってくれよ。凄《すご》いヒステリーで逆上したら何をしでかすかわからないんだ。いつかなんか床に灯油を一缶撒《ま》き散らして、今にも火をつけそうになったんだ」

「焼け死ねばいい。ひとりでさっさと」

「遼子、どうしたんだ。いつもとちがうじゃないか。僕は遼子のおだやかさが好きなんだ。側にいるだけで、躯の疲れも、心の傷も癒《いや》してくれる遼子のあたたかさが」

「浩平に、心の傷なんてあるの？」

いきなり浩平の掌が遼子の頬に飛び、足を足ですくわれて、遼子の躯はその場にしたたかに叩《たた》きつけられていた。

思いきりテーブルの角で腹を打ち、遼子は一瞬、気を失って倒れた。

浩平はそんな遼子を見向きもせず、女の許に走っていた。

その晩こそ、遼子は浩平の子を妊《みご》ったことを告げるつもりだった。性別はまだわからないが二ヶ月はすぎていた。医者から胎児の心音を聞かされた時、遼子は女の躯の神秘な構造に感動して涙をこぼした。

浩平の子だと思うといとしさが湧きあげてきた。

今夜こそ浩平に喜びを共有してもらうつもりの祝宴の支度だったのに。

浩平はそのまま女に軟禁されて、二ヶ月も音沙汰《おとさた》がなかった。会社の送り迎えも女の車でされているという噂が伝わってきた。

腹を打ったことが原因で胎児は流れた。遼子ひとりの秘密としてそれを誰にも告げはしなかった。浩平にも。映子にも。

二ヶ月が過ぎて、女の折檻に傷だらけになり、疲れきった浩平が遼子の部屋に戻ってきた。

何の予告もなかった。浩平は部屋の鍵を持たされていたので、何時でも入ることが出来たのだ。

玄関につづいた居間のソファーに、思いがけず遼子が横になっていたので、浩平はぎょっとして身を引いた。遼子はソファーに身を起し、珍しい動物でも見るように久しぶりの浩平を見つめた。痩《や》せて、首や手の甲から腕に、いつもの女の爪跡が血を滲《にじ》ませていた。

「別れてきたよ。やっと！」

浩平の声が聞えなかったように、遼子の表情は動かなかった。

浩平が遼子の膝元《ひざもと》に蹲《うずくま》って、遼子の膝を抱きしめた。そのまま左手をのばし、遼子のスカートの下に這《は》わせようとする。遼子が反射的に、びくっとその手を払いのける。

「もう遅いわ……。ここからも出て行って。帰らないで。荷物は住所が決ったらみんな送ります」

「遼子！　冗談はやめてよ、やっと帰ってきたのに」

「でも、もう遅かったの、すんでしまったわ、何もかも」

三十分後、浩平は黙って出て行った。机の上に鍵が置かれていた。

その後、気が狂ったように浩平の行方を探し廻った自分の狂態を遼子は忘れない。

新幹線は終着駅についていた。

乗客はすっかり降り、遼子はひとり席に残されていた。

清掃係の人々が入ってきた。

「お気分がお悪いですか」

と訊いてくれる。

「いいえ、ちょっと眠りこんでしまって」

遼子は笑って答え、足許のキャリーバッグを引き出して戸口へ向った。

車窓に浩平の横顔を見たと思ったのは、自分の心の底に残っている願望が見せた一瞬の夢で、あれが浩平である筈はないと自分に言い聞かせながら、プラットホームへゆっくりと降り立った。

迷路

わざとらしい音をたててドアをノックする。ナミに決っている。返事もしないのに、ドアが開けられナミが部屋に入ってくる。ベッドの上で壁に向いて眠ったふりをしている。

「スパゲッティ食べない？」

どうせ狸寝だと見抜いている声でいう。ほしくないと言おうとしたら、腹の虫がグーと鳴ってしまった。朝から食べていないことを忘れていた。腹の鳴るのを聞いたナミは、自信ありげにさっさと部屋を出ていった。ぼくは舌打ちしながら、やっぱりのそのそ起き上って、ナミの後を追ってダイニングキッチンへ降りていく。

自分のことをぼくたち子供におかあさんと呼ばせず名前で呼べというようになったのは、父と離婚して、四国から京都に移ってからだ。

姉のハルカは中学二年、兄の浄一は小学六年、そしてぼく潤二はまだ小学一年だった。ナミはどういうわけか三人の子供を引きつれて父の家を飛びだしてしまった。理由は知らない。まだ七歳だったぼくは何が何だかわからないまま、京都につれてこられたのだ。せまいマンションに親子四人がつめこまれて、いやでたまらなかった。

京都に暮しはじめてすぐ、ナミと呼べと命じられた。子供たちは三人とも、おかあさんとしか呼ばない。母はその度、露骨に機嫌の悪い顔になって、返事をしないし、ふりむかない。子供たちは不便なのでしだいにナミと呼ぶようになった。

夜になると、ぼくは四国の広い家が恋しくてよく泣いた。代々和三盆の製造と卸業もしていた父の家は、邸《やしき》も広く、池のある庭もあって子供部屋も広かった。

従業員もたくさんいて、番頭はんの庄造《しょうぞう》は、子供好きで、特にぼくを可愛がってくれた。ぼくは庄造に後ろからいきなり抱きあげられ、庄造の頭の上で、ぐるぐる廻《まわ》されるのが大好きだった。

「ヒコーキ、ヒコーキ」

といって喜んでいた。

祖母もぼくをどの孫より可愛がってくれた。

京都では転校した学校ですぐいじめにあった。ぼくの阿波《あわ》弁がおかしいといってみんなが真似をして笑った。強情だといって、放課後よくなぐられたり、つき倒されて蹴《け》られたりした。ナミにはそんなことは言わなかった。気の強いナミはすぐ学校へねじこんでゆく。そのあと、ぼくはもっとひどい目にあうからだ。

ナミは京都で、すぐ大きな漬物屋につとめた。はじめは店先で漬物を売っていたのが、すぐ離れの寝たっきりの御隠居さん付きになって、給料も増えたらしい。夜は介護の講習を受けに出かけて夜遅く帰ってくる。

最初の夏休みに姉のハルカはひとりで父の家に帰ってしまった。ぼくたちにも黙って出て行ったので、まさか父の家に帰ったとは知らなかった。

ナミはハルカの服や持ち物がなくなっているのを見つけて、すぐ、四国へ帰ったとわかったらしかった。ぼくはハルカが羨《うらや》ましくてたまらなかった。その手があるとわかっただけでも元気が出た。そのうち、自分もきっと、家出してやろうと心に誓っていた。

母の生家の、ぼくの祖父母から月々仕送りがくるようになり、仁和寺《にんなじ》の近くのこぢんまりとした二階建てに移った。どこかの中学校の先生夫婦が建てた家とかで、二人が揃ってハワイの学校に移ったから、売りに出したのだという。それを母方の祖父が買ってくれたのだ。そういう事情はぼくが中学生になってからわかったことだった。

ナミになった母は、何となく他人じみていて好きになれなかった。しかしその頃、ナミが級友の母たちに比べて特別美人だということに気がついた。目の大きな派手な顔に化粧をすると、いっそう際立ち、人が振りかえるのが当り前になっていた。参観日がやってくると、他の母たちが、そっとナミの側から離れたところに立つようにする。

級友が口を揃えて、

「お前のおかあの乳はカボチャのように大きいなあ！」

とからかう。それがまたいじめのいい材料にされる。たしかにナミの乳房は際だって大きかった。それがことさら目立つようなセーターやブラウスを好んで着たがった。

「三人も産んだのにどうしてそんなに張りきってるの？」

その頃ナミの友だちになった祐子《ゆうこ》さんがつくづく呆《あき》れたような声でいう。

「ソフィア・ローレンって高校時代あだ名だったのよ」

ナミがちょっと得意そうにいっていた。

ソフィア・ローレンって何？　とあとでハルカにきいたら、

「オッパイがカボチャみたいなイタリーの女優よ」

と教えてくれた。

「子供を産むたびおかあさんのオッパイはでかくなるん？」

「アホ!」

ハルカはぼくの頭を平手で叩《たた》いてケラケラ笑っていた。ぼくは幼稚園に上ってもまだ母のオッパイにさわっていないと眠れなかった。もう乳はのまなかったがすべすべした大きな乳房に触ったり、乳首を舌でくすぐるだけで落着いた。その頃、両親はまだ仲がよく、一つのふとんに寝ていて、その横に小さなふとんを敷いてぼくは寝かされていた。ハルカとジョウは隣の小部屋で寝ていた。

父はぼくがいじっていないもう一つの乳房に顔を押しつけて、乳を吸うまねをしていた。毛布の中の父の手は、ナミの体のどこかをくすぐっているらしく、ナミは体をのたうち廻して、ケッケッと笑っていた。

ハルカはその年の暮にはまた京都に戻ってきた。

父のところに、店の経理をしていた女が泊りこんでいるのだという。

「もう夫婦気どりで、とてもいられたもんじゃない」

と、ハルカがナミに訴えていた。

二人ともぼくのことをすべてに幼稚で奥手だと思いこんでいた。学校の成績がいつでもクラスでビリから数える方が早かったのと、どの先生からも精神が散漫で落着きがないとナミが呼びつけられて注意されるからだ。

そんな時ナミは妙にぼくの肩を持ち、先生に喰《く》ってかかるのだ。

「この子が授業中に教室を抜けだしたり、席を立ってうろうろするのは、よほど先生の授業が面白くないからじゃございませんか」

そう言ってやったと、ハルカや祐子さんに得意そうに話すのを聞いて、ぼくはうんざりした。そんなあとでぼくが先生にどんなにネチネチいじめられるか、ぜんぜんわかっちゃいないのだ。ナミは全くぼくを理解していない。

奥手だと信じこんでいるぼくは、小学四年からもうマスをかいている。教えたのは兄貴のジョウと、その友だちだ。

万引きだって、もう手馴《てな》れたものだ。ふだんはのろのろしているが、運動神経は父親似らしく発達している。逃げ足が速いので、まだ一度も捕まるようなヘマはやっていない。

「あの子は、あんまりおっとりしすぎているので」

と祐子さんに訴えるナミの心配そうな声を聞いた時は、思わずふき出しそうになった。

「隠居の世話もペイが高いから辛抱してるけど、下の世話だけでなく、死にぞこないのくせに、舐《な》めさせられるのよ。吐き気がする。ほんとに思わずゲーッて吐いたことがあった」

何を舐めさせられるのか、ぼくにわかっているなど、ナミは夢にも知らない。

スパゲッティは、ぼくの好物のめんたいこかけだった。ナミの取得《とりえ》の最高の才能は料理の上手なことだ。彼女が内心最も得意にしているデカパイよりも、男がふりかえる美貌《びぼう》？よりも、料理のうまいことがナミの最上の取得である。手ぎわが速いし、盛付もうまい。ビビンバもちらしずしも餃子《ギョーザ》も本職並だ。こんな料理のうまい女をむざむざ逃すなんて、父はよほどの食音痴だったのだろうか。

二皿めを食べはじめた時、ぼくの斜め前から肘《ひじ》をついてじっと食べっぷりを見ていたナミが、ぽつりと言った。

「ね、ジュン、あんた巡礼に行かない？」

ぼくに潤二という名をつけたのは父方の祖父だそうだ。

「ジュンレイ？」

「おへんろのことよ。小さい時、よく四国へんろの人たち見かけたでしょう」

「何でそれをぼくがするの」

「だって、また不登校で、日数が足らないで今年も卒業出来ないんじゃない」

「……」

「歩きへんろでもしてきなさいよ」

「歩きへんろ？」

「バスや車使わないで、ずっと自分の足で歩くんよ。一日、三〇キロや四〇キロは歩いて、満行するのは四十日から五十日ほどかかる」

「……」

ナミはぼくとふたりきりの時は、ふるさとの言葉で話したがる。その方がぼくの反応が早いと思いこんでいるのだ。

「徳島の一番の札所霊山寺《りょうぜんじ》から、八十八ヶ所廻るんよ。ほら……ジュンはよく小さい時、おへんろにくっついて、遠くまで行《い》てしもうて、交番の巡査につれてこられたことがあったたん、覚えとらん？」

「チンドンやについていって、道に迷うてもどれへんかったんはよう覚えとる」

「ほら、ね。おへんろさんにもようついていったんよ。どうして？」

ぼくは道のどこからか湧くように現れて、どこかへ去っていく人たちが、何だかとても羨ましかったのだ。どこから来て、どこへ行くのか。

いつでも自分のいる場所があやふやで、何故かぼくのいるべき場所ではないような不安な気分が肚《はら》の底にあった。そこは冷たい風の吹いている暗い穴の底のような気がした。歩き去っていく人たちの行きつく、どこか未知の遠い所へぼくも行きたかった。まだ憧《あこが》れということばを知らなかったが、あれがぼくのはじめて抱いた「憧れ」であったのかもしれない。

どうしてそういうことになったのか、二皿めのスパゲッティとシーザースサラダを平らげ、ナミ御自慢の黒砂糖のシャーベットを食べ終った時は、もう四国遍路に、しかも徒歩で廻る気になっていた。決心を決定的にしたのは、ナミが、遍路の白装束は死装束だと話した時だった。

「死体をお棺に入れる時は、白い木綿の死装束を着せるんよ。手甲も脚絆《きゃはん》もつける。死出の旅に出るという意味。お遍路の笠《かさ》はお棺の蓋《ふた》なんやって。杖《つえ》は卒塔婆《そとば》。それに自分の住所氏名、年齢も書いておく。遍路の途中で行き倒れたら、村人がそのまま埋めてくれて、土の上に笠をのせて、そこに杖を立てる。それでお墓になるわけ。昔の旅はきつかったから、旅先で死ぬ覚悟で、家を出る時は家族と別れの水盃《みずさかずき》をしたそうよ」

その時、決めたんだ。なぜなら、ぼくはずっと死にたがっていたから。生きている理由がわからなくなっていたし、何の才能もない自分をつまらない奴だとつくづく見限っていたし、ごくつぶしだと思っていた。この食欲がその証拠だ。普通の高校を受ける学力がなく、コンピューターを習得する専門学校に入り、そこも半分以上不登校で落第している。無試験の大学が急に出来たから入れとナミにすすめられた。入ったものの、これまでのどの学校よりもっとつまらなかった。女子学生も、ブスばっかりで、逃げ廻っていた。夏休み前からもう行く気もない。ほんとうは死にたいんだ。その方法ばかり考えている。死出の旅。こんなぼくにこそぴったりじゃん。

十月×日
晴天。四国の空の青さは心にしみる。阿波の徳島は発心《ほっしん》の地。鳴門の第一番霊山寺から出発。
境内には団体のツアー巡礼が幾組もいて、おばさんたちが口々に喋《しゃべ》り、賑《にぎ》やかなのにびっくりする。ピクニックにでも来ている感じ。それでも三組ほど歩き巡礼の身支度の人を見つける。目が合うと恥しいので伏目をして知らぬ顔でやり過す。二人づれの学生らしい人と、中年の一人。若い女の歩き遍路もいてびっくり。
様子を見て、歩き組がみんな出発したあとからゆっくり歩きだす。水を呑《の》むと疲れると注意されているので呑まない。ナミが三十万円くれたが出来るだけ節約を心がけるつもり。四十日かかるとして一日七千五百円。宿泊したらたちまち足がでる。ありふれた田舎町の道路を往く。巡礼のバスが何台も体のすぐ横を通りすぎていく。埃《ほこり》と排気ガスを全身に浴びる。バスの遍路たちはレジャー気分だ。

道は車が走るようにアスファルトで舗装されているから杖をつくと、力がはねかえってきて肩と腕にひびく。

出発前ナミが買いこんできた遍路案内みたいな本を、二、三冊まとめて読んできたが、そのどれにも杖が肩や脇にひびくなど書いてなかった。

もし途中で死ねば位牌《いはい》になる金剛杖だと思うとおろそかにできない。いやそれよりこれは弘法《こうぼう》大師の象徴だから大切にしろと書いてあったっけ。よく見ると、杖の上部は五輪塔を象《かたど》ったという刻みがついている。ナミは、ぼくの名や住所を筆で書きこんでくれた。それにしてもナミはどうしてあんなにぼくの遍路出発に力をいれたのだろう。たぶん、田代さんの入智慧《いれぢえ》だ。ナミがこの頃妙にいきいきして、ぼくが見てもきれいになったのは、田代さんとデキてるからじゃないか。田代さんは去年の暮頃から知り合った建築家だそうだ。新聞やTVによく顔を出す有名人の一人だそうだが、建築なんて興味ないからぼくは名も知らなかった。この頃京都ではやっている町家改造のベテランだそうだ。

ナミはどこかで知り合って、意気投合して、というよりナミの方が熱くなって、付き合ってるらしい。うちのダイニングキッチンを改造したのは、田代さんのデザインで、配下の大工の仕事だとかナミが言っていた。

ぼくはナミが傾倒してるほど、田代さんをいい男だとも思わないが、離婚して以来、男もいなくてあんな重い乳房をぶらさげているナミが、可哀そうだなと思うこともある。ナミが一方的に初心《うぶ》で奥手だと決めこんでいるぼくが、ナミの性の心配までしてやってるって知ったらずっこけるだろうぜ。

「ジュンにはほとほと困ってます。無気力で、何もやりたいことがないって、引きこもってばかりいるんです」

田代さんに対しては標準語を使うナミがそういったんだろう。

「この頃の若い者はみんなそういいますよ。自分がわからないとか。生きていても仕様がないとか」

「死にたいって、まるでチューインガムでも噛《か》むように無造作にいうんですよ」

「甘えてるんだな」

「長男の後、五年もたって妊娠した時、姑《しゅうとめ》にもう要らない、おろせといわれたんです。それで意地になって産んでしまった子です」

「付き合ってる女の子はいないんですか」

「それがもう、とんと奥手で、全くその気がなくって」

「歩き遍路でもやらせたらどうです」

「えっ？　まあ、歩き遍路ですね。何て名案でしょう。自分探しの旅ですわね」

大方そんなとこだろう。

二番極楽寺。ここもバスツアー客でいっぱい。庭が広くて、樹齢千二百年以上というばかでかい大杉が聳《そび》えている。その下に仏足石がある。インドの二千五百年前のお釈迦《しゃか》さんの足跡が、ここにあるなんてマカフシギ。

本堂で拝んで、大師堂で拝んで、さっさと第三番札所へ廻る。前途一四〇〇キロの道を歩きつづける足ならしか、札所間の距離は案外近い。弘法大師が井戸を掘って霊水が湧き出たから金泉寺《こんせんじ》というそうだ。解り易いよ。

朱塗りの仁王門を出ようとした時、丁度出合頭に、外から門をくぐろうとした夫婦づれらしい中年の遍路と出逢《であ》った。道をゆずろうとしたとたん、その女の遍路が、飛びかかるようにして、ぼくの左腕を摑《つか》んだ。

「コーちゃん！　コージ！」

と、金切声で叫び、ぼくの体に抱きつこうとする。思わず、その体を払いのけると、よろよろと倒れかかり、それをさっとつれの男が支える。

「お前、ちがうんだよ。この人はな、コージじゃないんだ。別の人だよ」

「ちがう、コージよ！　コーちゃんよ。お大師さまが会わせて下さったのよ」

「すみません、息子の広治ってのが、広く治めるって名でして、そいつが交通事故で死んじまったもんで、ここが……」

と自分の指で、女に見えないように頭の上を指さした。その指をくるくるっと左廻しにしてみせた。女が声をあげて泣きわめきながら夫を突きとばしてまたぼくの腕にしがみつく。

次第に人だかりがしてきた。ぼくは気の毒だと思う前に恥しくて、頭に血が上ってしまった。

その時、

「やあ、探したぞ、ここにいたのか」

太い男の声がしてラフな普通の恰好《かっこう》をしたサングラスの男が、ぼくと女遍路の間に割って入り、易々女の腕をぼくから外し、女の夫に、女の体をあずけた。呆然《ぼうぜん》と突っ立っているぼくの腕を取りぐっと自分に引き寄せると、見物の輪をかき分けて大股《おおまた》で寺の外の道へ出てしまった。

「ありがとうございます」

やっと礼をいうことに気がついた。男はがっちりした体つきでぼくより肩から上背が高い。男の歩くままにぼくも歩いていた。

「よくいるんだよ。ああいう気の毒な人」

「治るんでしょうか、お遍路で」

「さあ、治る人もあれば、治らない人もいるだろうね。遍路で必ず御利益があればかえって取引みたいでおかしいだろ。きっと亡くなった息子さんが、きみと同じ年頃で似た背丈だったんだろう」

ナミは平気で死出の旅にぼくを追い立てたけど、この旅でぼくが死ねば、あの女のように泣きわめくのだろうか。

「ずっと歩くつもり？」

男が訊《き》いた。

「はい」

「ひとりで？　はじめて？」

「はい」

「ちょっと無謀だな」

「死出の旅ってことばにつられて、出てきたんです」

「いくつ？」

「クリスマス過ぎに十八になります」

「未成年か。おれもその年の頃荒れてたな。生れた意味がわからなかった。自殺の真似事もしてみたさ」

「死ねなかったんですか、怖くなったんですか」

男はいきなり、さっきの女のように、ぼくの左腕を摑むと、自分の胸に引きつけた。手甲を引きはがすようにして手首を見て放した。

「こんなに浅く切ったって死ねないよ」

ぼくは恥しさで全身に粟《あわ》が立った。

あなただって死にぞこなってるじゃないかと言ってやりたかったが、咽喉《のど》がからからになって声にならなかった。

「せっかく逢ったから、遍路の旧道を教えてあげよう」

道の途中から急に左にそれて、男がぐんぐん歩く。遅れまいとして、ぼくもその背後を追う。山ぎわの細い道へ入っていく。そこは昔ながらの土の道だったので、杖が気持よく土を突いた。細い径《みち》が山沿いにつづいていた。片側は崖《がけ》になり、崖下の民家の屋根が迫っていた。

「昔の遍路みちの旧道は、もうほとんど残っていない。昔の遍路はこういう道ばかりをたどったんだ。そして野たれ死すると、こうして土地の農民たちが道端に埋めてやった。ほら、これがその跡だよ」

山沿いの道の片側に、いつのまにか小さな墓がうずくまって並んでいた。笠や杖の卒塔婆が朽ちてしまったあとに、こんな形ばかりの墓石が村人の優しさで置かれたのだろう。文字は擦《かす》れてほとんど読みとれなかった。

「みんな無縁仏さ」

それでも誰の手向けか、野の花がところどころにさされていた。

ぼくは自分の名を名乗ってから、彼の名を教えてほしいといった。

「できたらサングラスとって、顔見せてくれませんか。遍路初日に親切にしていただいた方を覚えておきたいです」

男は松浪卓というフリーのカメラマンでエッセイも書いているといった。

「いいか、生きているものは、必ずいつか死ぬんだよ。人間も動物も小鳥たちも……みんな死んでしまう。あせらないこと。君だって必ず死ぬんだ。死んでほしくない者に死なれることもある。遍路の中には、さっきの母親みたいに、気が狂うほど、子供の死を認められない人も多くいる。好きな子はいないの」

「ええ」

「いたらひとりで歩き遍路なんかしないやね」

「あの、人間の命って、いつから始るんですか?」

「質問の意味がわからない」

「オギャーと生れた時からですか……それとも精子と卵子が合体した時からですか?」

「そりゃ母親の腹の中の十ヶ月も命に数えるだろう。今でもおれの親なんか、数え年しか使わないよ。腹の中を一歳と数えるからだ」

ぼくは突然、この今日、出逢ったばかりの男に、何もかもぶちまけてしまいたい衝動にかられて、杖を握りしめている手が震えてきた。

「あ、ほら、ここにある墓は、水子の墓だよ。この世の空気を吸わないで死んだ子だ」

松浪さんは、大きな掌《てのひら》でその小さな墓の頭をすっぽりと包みこんでつぶやいた。

ぼくは自分の高鳴ってきた心臓の鼓動を気づかれまいと、息をつめていた。

古道の尽きたところに寺があった。金泉寺の奥の院と呼ばれている寺だという。こぢんまりした門があり、その真下で大きな犬が通せんぼうをするように長々と横たわって昼寝をむさぼっていた。足音を聞いても薄目を開けてすぐ閉じ知らん顔をする。中門をくぐると、これはまた数匹の子猫や親猫が庭中を走り廻っている。山門脇の床几《しょうぎ》に腰を下して一休みする。

松浪さんは四番札所の大日寺の住職に用事があって会いに行くのだという。旧《ふる》い友人だそうだ。

「仏画の名手で、文学博士で、コロンビア大学や、徳島の大学の教授をしてる人物なんだ。今はお寺の住職をしながら相変らず仏画を描いたり美術書を出したりしている。その人が言ってたよ。近頃若い遍路の身の上相談が急に多くなったって。きみも行く?」

「いいえ、相談することないです」

ぼくの口調がきっぱりしていたのがわざとらしかったのか、松浪さんが声をあげて笑った。

「彼が言ってたけど、歩き遍路をすれば、ちょっとしたノイローゼや引きこもりは治るって」

ぼくはそのどちらでもない。ただフリをしているだけだといいたかったけれど黙っていた。

続々と団体の歩き遍路がやってくる。奈良から来たのだという。二十人くらいで、男女半々くらいだ。みんな中年だが元気ではりきっている。

彼等を見送ってから、ぼくたちも歩きだした。大日寺に向って。

十月×日

ナミから毎日のようにメールがくる。里心がつくから、もうメールをくれるなと断る。

「大丈夫？　足痛くない？」

自分で行けとすすめておきながら、今更何だと思う。

どこの寺にいっても、水子地蔵が目につく。赤いよだれ掛けをかけた古地蔵の前に、お菓子やぬいぐるみの動物や、紙風船や千羽鶴などが供えられている。

本堂で祈願する時、

「水子の御供養お願いします」

とわざわざ申し出る人も少くない。般若心経《はんにゃしんぎょう》はもう経本を見ないでもとなえられるようになっている。手を合せて祈る時、いつの間にか沙也加《さやか》の顔が瞼《まぶた》のかげに浮んでいる。何も祈りのことばは出ない。沙也加には何にぼくが掌を合せているかわかっている筈《はず》だ。

沙也加の居所をぼくは知らない。沖縄に帰ったという電話が入っただけで、それ以来沙也加のメールは通じなくなった。

もしかしたら沙也加も死んでしまったのではないかとふっと思うことがある。生きていたら何かしらテレパシーのようなものが伝わりそうなのに、全くその気配もない。

家から歩いて七分の表通りにコンビニが出来て、沙也加はそこの売り子だった。見るからに沖縄顔で、眉《まゆ》が濃く、目が大きくまつ毛が濃かった。愛想《あいそ》はいい方ではなかったが、仕事はてきぱきしていた。

ナミが夜、講習やら夜学やらに熱中して、ほとんど家にいなくなった頃、ぼくはコンビニで時間をつぶすことが多くなった。旧くなった雑誌を何時間見ていても、客の邪魔にならなければ見逃してくれた。

いつ、そうなったか、曖昧《あいまい》だが、沙也加が積極的に誘ったことだけはたしかだ。ぼくは十七の誕生日前だった。沙也加は二十だと言ったが、本当のところはわからない。

小倉山の麓《ふもと》にある旧い別荘番を老夫婦がしていたが、そこの物置小屋の隅を借りて沙也加は下宿していた。四畳半一間の畳数の部屋の外は、旧い箪笥《たんす》や荷物の箱で一杯だった。

門番の老夫婦は揃って耳が遠く、挨拶《あいさつ》もこちらから一方的にするだけだといっていた。

はじめから沙也加はその部屋にぼくを誘った。呆れるほど荷物の少い沙也加は、その部屋にふとんだけがかさばる荷だった。壁じゅうにあるだけの服がぶら下ってカーテンのように見えた。

言葉はほとんどなかった。なぜそこへ誘われたか、解っていたし、互いに好意を持っていることも、わかり合っていた。ぼくは未熟だし、女を相手にするのは初めてだった。それとわかった時、沙也加はひどく喜んだ。何もかもリードされ、それが楽だった。

誰にも気づかれず半年が過ぎた。

珍しく沙也加がコンビニを休んだ。見舞ったら、血の気のない顔をして寝ていた。

「今夜はだめ!」

沙也加の横に入ろうとするぼくを沙也加の熱のある手がさえぎった。

「今日、おろしてきたから、ダメ」

しばらく事態が呑みこめなくてぼくは膝《ひざ》をついたまま、沙也加を見下していた。

「……だって潤ちゃん、困るだけでしょ」

返すことばもなかったが、徐々に怒りがこみあげてきた。二人とも器具を使いたがらなかった。ぼくは一瞬、口から入っても、精子は子宮にたどりつくのかと思ったほど幼稚だった。

二ヶ月ほどして沙也加は黙ってコンビニをやめ、物置小屋からも姿を消した。あれ以来、ずっと体調を崩していて、一度も交わらないままだった。

ぼくがより一層無気力になり、ナミの目に余るようになったのは、それ以後のことだ。

十月×日

十番切幡寺《きりはたじ》で、参拝の間荷物を置かせてもらったうどん屋で、「お接待だよ、食べな」ときつねうどんの接待を受けた。荷物の預り代を出し、うどんも買って食べようと思っていたのでびっくりした。道々よく接待を受ける。人から何もしないのに、ものを貰《もら》う度抵抗がある。乞食《こつじき》と乞食《こじき》は同じ字を書く。

十一番に行く途中、道に迷ってしまった。藍住《あいずみ》町の潜水橋、吉野川を渡った遍路小屋で休んでいたら、ボランティアで案内しているという人に出会った。藤井寺までつれて行ってくれるという。これもお接待だ。「ありがとうございます」と素直に頭が下げられた。

物識《ものし》りで道々、川原のポンプの説明や、ゴミの話など聞かされる。藤井寺では本堂の天井絵の説明をたっぷりして貰った。

無料遍路宿の「かもの湯」に案内してもらって別れる。

「かもの湯」では秋田県から来たという二十八歳の元塾の講師をしていた木村さんと出会う。風呂《ふろ》で色々と話を聞く。塾の講師で自分の理想がことごとく裏切られたので思いきって辞めて、次の仕事にかかるまで歩きに来たという。初日に張りきりすぎて足を痛めてしまったので、ここで二泊しているのだそうだ。両脚に角力《すもう》の力士のようにテープを貼りまくっている。見るからに健康そうな体つきの人だ。サッカーの選手だったという。

隣の部屋の二組のお遍路さんから注意を受ける。ぼくが金剛杖を廊下に出しっ放しにしていたからだ。杖はお大師さんだから、部屋の床の間に置くべきだと叱られる。

二人とも信州の寺の住職で自分の車で廻っているらしい。

自販機　一五〇円×二＝三〇〇円

納経　　　　　一二〇円
風呂代　　　　四五〇円（タオル代含）
洗濯　　　　　二〇〇円
サロンパス　　三六七円
明日朝御飯　　六三〇円
夜　御飯　　　九三六円（日の出食堂）

十月×日
晴。六時起床。いよいよ難所焼山寺《しょうさんじ》。登山口に立札があり、「健脚五時間、平均六時間、弱足八時間」と書かれていた。

端山《はばやま》休憩所まで登ると、何人もの先客が談笑していた。一足早く出発した同宿の二人のお坊さん、沼田さん、渡辺さんもいた。

みんなで一緒にそこから出発したが、いつの間にかみんな遅れてしまって、めちゃくちゃ健脚の七十二歳の大川さんというおじいさんとぼくだけが先頭を切っていた。

大川さんはぼくの歩く速さを、

「えらいな、若いのに根性がある。一人でよう来た」

とほめてくれた。これは一度味を覚えると中毒になるぞと笑っていた。

「何か願かけがあるのですか」

「んにゃ、何もない。歩いとったら無念無想になれるのが、たまらんなあ。まあ、強いていえば、わしが歩いとることが、死んだ人の回向《えこう》になっとるのかなあ」

「死んだ人の魂ってあるんですか？　あの世はあるんですか？」

「まだわしは一ぺんも死んどらんからなあ。確信持っては言えんわなあ。それでもこの年になると、もうまわりの者が次々死んで行って、気がついたらひとり残されとる。よっぽど業が深いから、なかなかお迎えが来てくれんのやろ」

「奥さんは？」

「二十年も前に死んだ」

「お子さんは」

「跡取りの息子は自殺しよった。娘はドイツ人と結婚してフランクフルトにおる。死んでも帰らんでええぞって、遺言している。お前片親やろ」

「え？　どうしてわかるんですか」

「七十年も生きたら、それくらいわからいでか」

「両親は離婚したんです。生きてはいます。ぼくは母親と暮していますす」

「あんまり勉強するなよ」

「え？」

「しすぎると、わしの馬鹿息子のように自殺したりするはめになる。ちょっとくらい阿呆《あほう》の方がこの世はしのぎいいぞ」

二人で奥の院まで語った。柳水庵《りゅうすいあん》という水のみ場で休憩。その水の美味《おい》しかったこと！　六時間少々かかって焼山寺に到着した。さすがに脚ががくがくする。

難所を征服したという一種の達成感はあった。

奥の院で落ちあった人々とも別れ、一人で山を下る。ふと気がつくと、廃止された旧道に迷いこんでいた。携帯も圏外でつながらない。だんだん心細くなり、不安がつのって、ただやみくもに歩きつづける。急に空腹に気づき、目が廻りそうになる。

バッグをかき廻すと、底にナミが入れてくれたチョコレートが見つかった。思わず板チョコ一枚ペロリと食べて人心地がつく。

絶対道に迷っていると思いながら、ただ歩きつづけると、ようやく山を下りきり、平地へ出た。地図をゆっくり見ると、とんでもない方向に来ている。泣きそうになって立ちすくんでいると、すっと車が近づいて横に止った。紫色の派手な車だ。窓からナミの若い時のようなきれいな女が声をかけてきた。

「おへんろさん、道に迷ったのね。ここは遍路みちのない場所よ。お乗りなさい。もとの道まで送ってあげます」

「でも歩き遍路なので……」

「ばかね、歩き遍路は車の接待も受けないことぐらい知ってますよ。でもあなたはとんでもない所に迷いこんだから、本当の道まで送り返してあげるだけよ。乗っても仏さまに許されます。さあ」

ドアをあけられたので、車の中に入ってしまった。車いっぱい女の人のつけた香水の匂いがこもっていた。

「神山温泉に行きましょう。車で四十分くらいで着きます。そこはお遍路がよく泊る宿だから。明日からまた打ち直せばいい」

こんな田舎にこんな都会的な人がいるのかと思った。全身に今日一日の疲労がどっと湧き出してきた。

「眠っていいのよ」

女の人が言ったとたん、ぼくの携帯が鳴った。ナミの声がひびきわたる。

「ジュン！　朝からずっとかけてるけど圏外でつながらないのよ。今、どこにいるの？」

「焼山寺から降りたところ。降りる時、道に迷ってしまって」

「あのね、チネン・サヤカって人知ってる？」

声が出なかった。

「その沖縄の人、亡くなったんだって。昨夜。今朝お兄さんから電話があって……。サヤカさんの遺言だって。ジュンにアリガトウって……ジュン！　聞えてるの？」

「わかった。夜、電話する」

車は急に濃くなってきた黄昏《たそがれ》を切り開き走りつづける。

悋りん
気き

目をあけたら、真上に和代の顔があった。

「ひどう、うなされとったから、起したんよ」

「……」

「声をかけてもびくともせんから、体を強うゆすって」

笑おうとしたが、顔の筋肉が硬《こわ》ばっていて動かない。

「何《なん》か……言うたか」

和代は珍しく細い目をまばたかせ、心の動きをかくそうという表情をみせた。普段は無表情に近く、めったに感情を表さない女だった。

「うなされとったんがおさまってから、何《なん》か言うたけんど」

「何て？」

「キティ……とか、ケティとか、切なそうな声して繰り返して」

胸の奥で動悸《どうき》がする。長年連れ添った老妻の顔がふいに眩《まぶ》しかった。

「阿呆《あほ》やな」

「え？」

自分をなじられたと思ったとみえ、和代の顔が硬ばった。

「ちがう、ちがう。おれが自分を阿呆やと言うたんや、ケティはな、ドイツの古い戯曲の中に出てくる女の子の名前や」

「女の子？」

「うん。その子の十六、七から十八、九くらいまでの話や。『アルト・ハイデルベルク』ってな。若い頃、繰り返し読んだ。兄貴が持ってた岩波文庫や。ボロボロになったのが、まだどっか家にある」

和代とこんな話をしたことはないので、和代の顔は曖昧《あいまい》な表情になって明らかに戸惑っている。

和代は母が選んだ妻で、商人の嫁は、里が裕福で体が丈夫で算数の成績がいいのに限ると日頃から口にしていた母が、知人の持ちこんだ話に、条件が揃っていると、有無を言わさずまとめてしまった縁談だった。母がその結婚を急いだのは、当時のおれが失恋の結果、神経衰弱になるか、とんでもない放蕩《ほうとう》者になるかという危惧《きぐ》をまわりから持たれていたからだった。その頃、ノイローゼとか、鬱《うつ》ということばは使われていなかった。そういう病状は軽くても重くてもすべて神経衰弱で片づけられていた。厄介な病気で、重くなれば、座敷牢《ろう》に入れられたりするはめにもなる。神経衰弱が嵩《こう》じて自殺した若者もいれば、破産して首を吊《つ》った商人も神経衰弱で片づけられていた。母の従兄《いとこ》に一族の自慢の秀才がいて、帝大の法科にすんなり入り、新聞に出たりしたものだが、神経衰弱になって自殺した者がいた。いや、あれはアカになってつかまって拷問で気がふれて死んだのだと噂されてもいた。母は子供たちがその従兄のようになることを何よりも怖れていた。

子供たちの中で一番出来が悪く、のんびりしているのが取柄の末っ子のおれは、およそ神経衰弱には縁がなさそうなのに、母は安心しなかった。母が女学校で調べてきたら和代は算数と体操の成績が抜群だったというので、安心しきっていた。

和代がティッシュを渡した。

「鼻水たれてる。風邪ひいたんとちがうかしらん」

おれは音をたてて洟《はな》をかみながら、洟がたれているのも感じないほど神経が老い呆《ほう》け、鈍ったのかとひやりとしていた。このごろ、涎《よだれ》が出ていることがあると和代に打ちあけたい衝動を感じたが、耐えた。老いて子供に返るというが、ふっと気づくと唇のはしに涎が流れていることがある。まさかそれが自分とは信じたくないが、一度や二度でなく、それに気づかされると、それも老化現象の一つかと呆然《ぼうぜん》とするのであった。思ってもいない言葉が口をついて出る。

「何年になるやろ」

「何がです」

「おれたち結婚して何年になるか」

「六十年」

言下に答えが返ってきた。

そうか、自分が数え年二十六の時だったから、今年数えなら八十六だから、確かに六十年昔のことだ。和代は二十三だった。あの頃、年齢はみんな数え年でいっていた。女は十九は厄年で、二十二は二並びといって結婚は嫌ったから、和代は二十三になったからいいと母が言ったのを覚えている。

和代との結婚の二年前、おれの家から栞《しおり》に求婚してくれていた。何の躾《しつけ》も出来ていないから嫁にやるには若すぎるという理由で断られたのだ。それでも両親が、圭三《けいぞう》が栞を一途《いちず》に思いつめているからせめて婚約だけでもしてやってほしいとねばってくれたところ、はじめて栞の親がようやく本音を吐いて断ったという。

「あんな未熟な至らない娘をそのように思うて下さるのは勿体《もったい》のうございますが、御承知のように、わが家は先代が政治狂いをして、先祖が残してくれた身代をことごとく失うてしまいました。昔は宇治に広い茶畠《ちゃばたけ》も持ち、四国一の茶の問屋として阿波《あわ》屋の屋号をとどろかせましたが、今では御覧の通り、何の風情もない情けない形だけのはかない商いになっております。縁談は釣り合わぬが不縁の因と申します。昔の阿波屋なら、そちらさまともどうにか肩を並べられましたが、只今《ただいま》では、県でも名だたる大分限者のお宅さまとは、所詮《しょせん》人並のおつきあいも出来かねます。婚礼の支度も充分にしてやれません。嫁いだあとのおつきあいでも栞に肩身のせまい思いをさせるのも不憫《ふびん》かと存じます。この御縁はお断りすれば罰が当るかと存じますが、どうか、当方の苦衷もお察し下さいまして、圭三さまにはよしなにおとりなしの上、御辞退のほどお願い申しあげます」

母が何べんも繰り返し、勧進帳を読む弁慶《べんけい》のようにすらすらと言って聞かせたので、おれまで覚えてしまった。もう恥かしくて、これまでのように無邪気に栞の家に遊びに行けなくなった。

栞とは小学生の時から遊んでいた。小学時代から中学まで、ずっと仲のよかった俊《とし》之《ゆき》との間に、いつでも栞が二人を結びつける帯のように存在していた。両親に早死にされ孤児になった俊之を引き取って育ててくれたのが、亡母の兄に当る栞の父親だった。栞にとっては物心がついた頃から一緒に育った実の兄のような存在が俊之だった。

中学二年の夏休みから、俊之は町の有力者の代議士の谷本家にひきとられ、書生の一人になるべく、そこから通学するようになった。栞と三人の無邪気な子供時代は終りをつげたのだ。実の兄以上に慕い、頼りきっていた栞は、この思いがけない俊之との別れにショックを受け、おれの顔を見たら、俊之との別れの現実を認めざるを得ないということから、おれを露骨にさけるようになってしまった。

「栞を頼むな」

と言って、谷本家に行った俊之の言葉も、約束も宙に霧散してしまった。

ふたりで逢《あ》うなどということは全くなくなってしまった。ふっと道で出逢ったりすることがあっても、栞は一人で歩いていることはなく、何人かの友人に取り囲まれ、その中心に君臨していた。小柄なくせに、仲間の誰よりも華やかな存在感に輝いていた。

俊之も、授業が終るとすぐ谷本家に帰ってそれなりの仕事があるらしく、他愛なく遊んだり、喋《しゃべ》ったりする時間は全くなくなっていた。新しい友だちを作る意欲もないおれは、仕方なく好きな読書にのめりこんでいた。

思いがけなく栞の方から突然呼びかけがあったのは、栞が女学校に入った年の夏休みのはじめだった。

電話で栞の声を聞いたのは、初めてだった。

「圭ちゃん」

ちょっと鼻にかかった甘えたような声を聞いた時、おれは思わず、全身が震えていた。

「圭ちゃん、聞えてる？　し・お・りです」

「わかってるよ。他に、ほんな声出す者居《お》らへん」

「ほんな声って、どんな声」

「舌ったらずの甘えたの声」

甘えんぼうのことを、この地方の方言で「甘えた」と呼ぶ。栞はくっくっと咽喉《のど》を鳴らして笑ったあと、頼みたいことがあるから、すぐ逢ってくれという。おれはもちろん栞の指定する山の麓《ふもと》のわれわれの母校の小学校の体育館へ飛んでいった。俊之にもその喜びを知らせたかったが、俊之の居所がわからず、連絡がとれなかった。

体育館には栞の他に、七、八人の女学生が待っていた。

栞がその中心にいて、一同のリーダー役らしく構えていた。久しぶりで逢った栞は、相変らずちびだったが、全身にふっくらと肉がつき、顔つきから幼稚さが薄れ、少女特有の甘酸っぱいような色気がそこはかとなく滲《にじ》みでていた。

栞は無造作におれの掌《て》を両手で摑《つか》むと、みんなの前に引っ張ってゆき、名前だけを紹介した。

すでにどういう関係の友人かということは話しずみらしく、誰も不審がらず、盛大な拍手で迎えてくれる。

用件は、秋の学校祭に演劇部として出す劇の指導をしてほしいというのだった。はじめ、俊之に頼んだが、居候先の書生の仕事が思いの外過剰で、とてもそんな余裕はない、圭三なら、ああ見えて結構文学青年だから力になってくれるだろうと言われたと白状する。

結局栞の泣き落しに抗《あらが》えずというより、栞と少しでも係りたくて、おれは勇み立って、台本から、背景造りから、演出まで手伝うことになってしまった。

劇の題目は、その頃愛読していたマイアー・フェルスターの『アルト・ハイデルベルク』にした。中身は要約して、せりふも短くし、主役の二人、カールスブルク公国の王子カール・ハインリッヒと、ハイデルベルクの王子の下宿の手伝い娘、ウィーン生れのケティの悲恋物語にしぼった台本を書きあげた。もちろん栞以外にケティになる女などはいない。

栞は、誰よりも先に読んだおれの台本を予想以上に喜んでくれた。

最初からケティに大乗気で、

「このケティの詠む王子歓迎の詩、旧《ふる》くさいよね。これ、わたし流に直してええかしらん」

などいい、その場で、

「ようこそ王子さま
はるかな夢の王国から
心淋《さび》しい旅路ふみこえ
わが青春《はる》の学びの園に
たどりつかれた王子さま
あこがれと愛をこめた
色はなやかなこの花束
心ふるわせ捧《ささ》げます」

と詠《うた》いあげた。

「すごい、すごい。栞ちゃんの詩の方が本の訳よりずっとええぞ」

「ほんま？　そんならいっそ、これ朗読より、歌にしたらどうかな」

栞の夢はどこまでも広がっていく。

夏休みをふくめて二ヶ月みっちり劇の稽古《けいこ》に立ち会った間に、それまでひとりで胸に畳みこんでいた栞への恋心が抑え難いほど燃えさかってきた。明るくて物おじしない栞の言動は溌剌《はつらつ》として魅力にあふれていた。

カール王子は両親に赤児《あかご》の時に先だたれ、伯父《おじ》の大公に育てられ、皇太子としての教育を受けている。一年間のハイデルベルク大学への留学の下宿生活で、はじめての自由と青春の歓《よろこ》びに酔う。ケティも両親がなく親類の下宿屋へふるさとのウィーンから訪れて身を寄せている。

ふたりはたちまち惹《ひ》かれあい愛が芽生えるが、わずか四ヶ月で、大公が急病で倒れ、王子は帰国しなければならなくなる。

辛《つら》い別れのあとに二年の歳月が流れ去り、王子がふたたびハイデルベルクを訪れた時、昔の友人たちはすっかり大人びて昔の若さを失っていた。今では王になったカールに遠慮深くよそよそしい。

変らないのはまだ下宿にいたケティの熱い心だけだった。カールはケティを二年前のお別れの時のように抱き寄せるが、ケティの頰は濡《ぬ》れていた。

「何もかも変ってしまった。変らないのはケティ、きみだけだったよ」

「でも、もうお別れね。新聞で見ましたわ。美しいお姫さまと御結婚のこと」

「政略結婚だ、好きじゃない。でも……」

「断れないのでしょう？　二週間あとの結婚式」

「ケティ」

「あたしもウィーンに帰ります。牛飼いの許婚者《いいなずけ》が、ずっと待っています」

「ああ、こんなに愛しあってるのに！」

「仕方がないわ。こうなること、ずっとあたしたち知っていましたもの、ね、そうでしょう」

ようやく時間をつくって稽古を見にきてくれた俊之は主役二人が互いの名を呼んで抱きあう最後の場面になると、惜しみない拍手を送ってくれた。

「よくやったね。大成功だよ。王子が『青春の時は短い』というところと、最後の場面は涙が出たよ。それにしても、栞のうまいのにはびっくりした。宝塚に入るか？」

「ちびだからだめ。試験に通らへん」

「あ、やっぱり受けようと思ってたんだ」

俊之のからかった声を聞くなり、栞が俊之に飛びかかって、二人は床に抱きあって転げ廻《まわ》った。栞はしきりに俊之の顔を叩《たた》こうとしているが、俊之の手が栞の手首を押えて撃たせない。

おれはその時、言いようのない胸苦しさにおそわれて、そんな二人の戯れている姿を見ていられなくなり校庭に逃げだした。

これが嫉妬《しっと》かと思うと、いっそう胸が切なくしぼりあげられるようになってくる。思い返すまでもなく、おれは栞に逢ったはじめての時から惚《ほ》れこんでいたのだ。まだ子供の栞は、おれたちと遊んでいても、急に道端で背をむけ、くるりと服の裾《すそ》をまきあげて、白い可愛らしい尻《しり》をむきだしにしてしゃがみ、しゃあっと放尿したりする。そんな無邪気な子供だったのだ。俊之を「兄《にい》ちゃん」となつき、おれには兄ちゃんの仲よしの「圭《けい》ちゃん」となじんでいる。兄ちゃんの好きなものは何でも好き、兄ちゃんのほめるものは何でもいいもの。それだけが幼い栞の唯一の憲法だった。

おれには姉のつぎに二人の兄がいた。三男の末っ子のせいか、おれは幼稚園にあがってもまだ母の乳房をいじっているほど甘やかされていた。姉と二人の兄も美形で、学校では優等生だった。おれひとりが姉や兄に似ず、いかつい顔つきをして可愛げがなかった。何かにつけ兄たちに比べられるので、人知れずコンプレックスが鬱屈し、いつでも眉根《まゆね》を寄せた渋面をつくっていた。教室では知っていることでも絶対に手をあげず、友だちを作ろうともしなかった。唯一向うから誘ってくれたのが俊之だった。いつでもひとりで悠然としているおれの態度が好きだといい、何かにつけかばってくれた。誰もが憧《あこが》れている俊之がひいきにするから、友だちからも買いかぶられ、おれに対する級友の態度も変ってきた。

「優等生になるのは、何でも平均点を取ればいいのでつまらないことだよ。ぼくはたったひとつでも平均を破った秀れた才能のあるやつに憧れるんだ。圭三が、作文だけは誰にも負けないような」

そんなぜいたくな無い物ねだりをする俊之がおれにはおかしかった。

女に持てすぎる俊之は、女に対する憧れや夢や渇仰《かつごう》が全くなかった。

「女なんて、みな同じだよ。裸にしてしまえば、こけしのようにどいつもこいつも同じや」

などうそぶく時は、心で反発していても、未経験のひけ目から、おれには何も言い返せなかった。

俊之が谷本家へ住みこみに行って二年ばかり過ぎた頃、ふたりで長く話した夜があった。この頃、俊之は代議士の谷本の考えで、日常にも標準語で喋るよう躾られていた。

「圭三、本気の話だから真面目に聴いてくれ。実はな、谷本は子供がないからぼくを大学を出してやる代り、姪《めい》を養女にして、そいつと結婚させようとたくらんでる。代々増やしてきた選挙の地盤みんなやるから谷本家を継いで政治家になれという。ぼくは絶対いやなんだ。あの家へ住んで益々《ますます》政治はいやになった。それに姪というやつが、全く話にもならん。お高くとまって気取り屋で、まっ平ごめんだ。たぶん、ぼくはそのうち谷本の鼻をあかすようなことをやってみせるよ。お前だけに話すけど、谷本の女房は、取り澄ましているけれど排泄《はいせつ》障害があって、その度後始末が大変なんだよ。度数も多いし、その後始末をぼくにやらせているんだ。屈辱もいいところだ」

おれは返すことばも見つからなかった。

「親のないせいか、ぼくは養子になれと以前からよくいわれる。栞の婿《むこ》になってくれという話もあった。ほら、圭三の顔色が変った。大丈夫だよ。はっきり断ったから。従兄妹《いとこ》結婚は医学的にもさけた方がいい。それに栞は可愛いけれど、ほんとの妹のように育ったせいか、恋や結婚の対象にならない。圭三がずっと栞に惚れてることとくらい百も承知だ。ぼくから改めて頼む。栞と結婚して、守ってやってくれ。ぼくは長生きしないよ。短命の家系だし、長生きするような暮しの設計はたてないつもりだ。だから、これはぼくの遺言だと思って聞いてくれ」

「そんな……芝居がかった冗談はやめてくれ」

「冗談じゃないって！　ぼくの目を見てくれ、本気だろ？　栞は可愛がられて育ってるから、わがままだし、気が強い。でも芯《しん》は素直で可愛い女だよ。あれこれ才能もあるし育て甲斐《がい》のある女だよ」

「そんなに理解してるなら、お前が面倒みてやるのが一番順当じゃないか」

「だからさ、ぼくはまともに暮せないと言っただろ？　病気で死ななきゃ事故死だ。自殺も他殺も事故死だよ」

「いやな事いうな」

「すぐむきになって怒るところが圭三の真骨頂だよな、そういうお前が好きなんだ。冗談じゃない。本気だから心のどこかに留《とど》めておいてくれ」

日が経つにつれ、俊之の言葉はおれの心に彫り刻まれるように残っていった。何よりそれはおれに大きな安堵《あんど》を与えてくれた。心の奥底で、栞は俊之と結婚するのではないかという憶測がずっとあったからだ。消しても消してもその疑いは、濃くなっていた。俊之さえライバルでなければ……と、気持にはじめてゆとりが生れてきた。

察しの好すぎる母が、栞に対するおれの気持を汲《く》んで、早々と縁談に結びつけようとしたことから、おれの夢は無惨に打ちこわされてしまった。

こんな時、慰めてもらえる俊之は、すでに居なくなっていた。半年前、俊之は谷本の情婦としてアパートに囲われているバーのホステスと駆落してしまった。夜の十時頃、突然、雨の中を俊之が訪ねてきた。今すぐ三十万貸してくれという。明日なら銀行から引き出せるけれど、今現金はそんなにない。有無を言わさない真剣さが、顔に表れていたので、おれはあるだけの持金をかき集めた。二十五万円ほどあった。それに何かの折に貰《もら》っていた金時計を二つ揃えて俊之に渡した。レインコートも新しい着ていないものがあったのを思い出し、それをボストンバッグにつめて渡してやった。俊之がどこかへ旅立ってしまうのだとわかっていた。

「あとで手紙を書く」

と言ったが、おれはこれきりもう会えないような気がしていた。涙がこみあげてきてものが言えなかった。

別れの握手に、「死なないでくれ」という想いをこめたが、通じたかどうかもわからなかった。

「栞は知ってるのか」

　俊之は首をわずかに横に振った。

　それから身をひるがえすと、いっそう激しくなった雨の中に飛び出して去って行った。た。ふり返らなかった。

　和代との結婚式が二日あとに迫った夜、電話があった。

「こんばんは」

　という声だけで栞だとわかった。

「お邪魔？」

「いいや、どこから」

「お宅の前の道路」

「すぐ行く」

　戸締りした広い間口の家の外に栞が黒いコートを着て佇《た》っていた。黙って歩きだした栞についておれも歩きだした。向いのビルの背後は川だった。最近川に沿って小さな公園が出来ていた。

　栞ははじめからそのつもりだったらしく真っ直ぐそこへ歩いていく。若い者たちのデートに使われていると噂に聞いていたが、おれは一度も夜そこへ行ったことはなかった。

昨日あたりから、急に寒くなったせいか、時間が遅いせいか、人影はなかった。

勝手知ったように、栞は暗い公園をすたすた歩いて、大きな欅《けやき》の樹のところで足をとめた。その樹は公園になる前から、そこにずっと立っていたらしい太い年輪を抱いた頼もしい姿だった。栞はその樹に背をもたせるようにして立った。小さな栞の体は樹のかげにすっぽり呑《の》みこまれる。

おれはその前にぼんやり立ちすくんだ。栞の両眼が夜目にもきらきら光っていた。

「結婚式のこと聞いたわ」

怒ったような口調だった。

「お宅にきっぱり断られたから、母がショックで焦ったんだ」

「そのことちっともわたし知らんかった。うちのだれも、何も話してくれんかったから」

「……」

「兄ちゃんから便《びん》ある？」

「何もない」

「あの女、八つも年上なんやって。この町の大物といわれる男は、みんなやられてるんだって」

「ケティはそんなことばづかいしないよ」

「どうせわたしは下品よ。不良とばっかりつきあってきた」

栞は言いながら、自分でコートのボタンをつぎつぎ外していった。コートの下から何もつけていない白い軀《からだ》がのぞいてきた。

両手をだらりとたらし、そのまま目を閉ざした。白い軀が発光体のように目にまぶしかった。清らかすぎて情欲がおきなかった。おれは一つずつボタンをはめていった。軀ごと抱きしめて、額に唇をつけた。

「来てくれてありがとう」

死ぬまで愛すということばは、呑みこんだ。

夜道を栞の家まで送っていく間、栞は一言も喋らなかった。家に入るのを見届けてから、おれは四十分歩いた道を、全速力で走りつづけた。ひとりになったとたん猛然とこみあげてきた強烈な性欲をなだめるためには、走るしかなかった。

栞が勤め先の銀行の同僚と駆落したという噂を耳にしたのは、和代がはじめての子を妊娠したあとだった。

婚約者がいた男を栞が誘惑したとか、女蕩《おんなたら》しの男が、栞をわけもなく手に入れたのだとか、噂はさまざまだったが、おれはどれも信じなかった。

栞の淋しさを慰めてくれて、何の噂にも染まらない純真な栞をよみがえらせてくれた男なら、どんな過去があってもいいと思った。

和代と結婚してみて、栞が自分にとってどれほどかけ替えのない初恋の女で永遠の女であったかということを、今更のように思い知らされた。

和代には夫として当然の義務は尽したつもりでいた。

家事も手を抜かず、人づきあいもぬかりなく、家族の信頼も得ている和代は、嫁としても、母としても申し分なかった。

数年した初冬のある日、ふいに栞から電話がかかってきた。

「圭ちゃん」

という一言で、体じゅうの細胞がはち切れそうになった。別れて以来、一日として思わない日のなかった栞の声にちがいなかった。

落着いたおっとりした口調が、以前の栞とはちがっていた。しかし告げてきた内容は凄《すさ》まじいものだった。行方不明だった俊之の遺体が箱根の山中で発見されたという。

別の事件で放った警察犬がその遺体を深い渓底《たにそこ》で発見したのだとか。骨だけが着ていた背広に縫いこんだ名前と、財布に入っていた名刺から俊之だと判明したのだという。何度めかの結婚相手が、失踪《しっそう》した夫の捜索願を出してあったので、遺族に連絡があったということだった。

「二人子供もあったんですよ。やる事業が次々失敗して、そんなことになったらしいの。わたし、その奥さんにも逢いましたよ。ごく普通のしっかり者の人だったわ。最後の会社の事務員だったんですって。女の方が惚れこんで一緒になったらしいの。その人、わたしに言うんですよ。肝臓のガンにもかかっていましたから、私がガンに効くという温泉の女中にでもなって、楽させてやりたいと思っていたのに……とても残念ですって」

「それで……ケティさんは、幸せですか」

一瞬、声がとぎれたあと、爽《さわ》やかな声が流れてきた。

「おかげさまで……女の子も一人さずかりました。彼は好きな絵を描いていますが、親子三人の暮しは絵では保てないわ。わたしもずっと働いて、何とかやっています。でも、こういうのが幸せっていうんでしょうね」

それがきっかけで、おだやかな栞との電話のつきあいが復活した。それを和代にどう説明していいかわからず、黙ってすごしてきた。

朝起きてまず思うのは栞のことだった。珍しい食物を見ると、必ず送ってやった。感動した本もすぐ送りつけた。

栞の電話の声は若い時と全く変らなかった。

栞を想いつづけることで、和代を裏切っているとは考えたこともなかった。栞はおれの生涯の「吾《あ》が仏」であり、聖なる拝跪《はいき》仏《ぶつ》になっていた。

栞の夫が肺ガンで死亡したと報《しら》せてきたのは、すべての葬送の事が終ったあとであった。

栞の五十八の時だった。駆《か》けつけてやりたかったが、死ぬのを待っていたような行動はひかえたかった。考えてみたら、何十年も互いに逢わないで、声だけのつきあいがつづいている。

上京する用件がある時、立ち寄ろうかと言うと、栞は必ず、何だかだと理由をつけて断った。

写真ぐらい送れといっても、和代さんに何て説明するのと、相手にしなかった。

「お互い、歳月と共に老いてるんですよ。そういう姿、見たくも見せたくもないでしょう。圭ちゃんの胸の中で永遠の十代のケティで生きていたいものですよ」

その間にも歳月は流れつづけ、おれは満で八十五、栞は七十九の老残の姿になっている。栞のいうように今更逢わない方がいいのだろう。

和代が生姜湯《しょうが》を作ってきた。自分の分も盆に載せてきて、一緒にそれを呑もうとする。そんなことはめったにしないことだった。

「腰が痛いっていうてたのはようなったのか」

「ええ、まだ痛いけんど、医者にいったら、その年になれば当然だ、まだ遅く出た方ですよって笑われました」

「まさかこの年まで生きるとは思わなんだなあ。年寄というても、自分がなってみないことには、わからなんだことが、いっぱいある」

「そうですね、何がわからんというて、人の心ほどわからんものはありませんなあ」

おれは愕《おどろ》いて思わず布団の上に坐《すわ》り直した。日頃、およそ自分の意思など言ったことのない和代の言葉がひどく珍しかったからだ。

「人の心って、誰の心のことだ」

「さしずめ、六十年もつれそったお方の心ですか」

あんまりびっくりして、おれは激しく咳《せ》きこんでしまった。和代は悠然とそんなおれの背をさすりながら、言葉をつづける。

「結婚して以来、あなたの心がわたしに真向きになってくれたと思ったことは一度もありまへん」

「恐ろしいことというな。誓っていうが、おれは一ぺんだってお前を裏切ったことはない。童貞で処女のお前を迎え、これまでお前以外の女といっぺんも寝たことはない」

「それは行いです。わたしのいうてるのは心です。あなたの心の中には、ずっとわたし以外のお方が住みついておられます。今も……」

「和代、何を言いだすのか、気でもおかしくなったのか」

「いいえ正気です。肉のまちがいは許せます。でも、心で連れ合いに想いつづける人がいるのは、嫉妬が十倍になります」

「誰に嫉《や》いてるのか」

「栞さんに決ってるでしょう。お姑《かあ》さんから聞いてます。死ぬまであなたは自分のプラトニックラブを守り通すつもりですか」

「お互い八十もとうにすぎてるんだぞ」

「はい、だから思いきっていう気になったんです。このままだと死んでも死にきれません」

やっと気がついた。昨日の朝の電話を聞かれてしまったのだ。おれはいつものようにあの時間、和代は裏の野菜畑に自分で作っている野菜を採りに行っていると思いこんでいたのだ。日課にしている朝の電話を栞にかけて、つげたのだ。

「もういつ死ぬかわからん年になってしもた。いっしょに死ねたら最高やけど、それは無理や。今考えてる理想の死方はな、栞より一日だけ早《はよ》う死にたい。心が通じてたら、報せがのうてもわかると思う」

和代がそっと涙を指先で拭《ふ》いていた。六十年間、一度も覗《のぞ》いてやらなかった妻の心に何が棲《す》んでいるかなど想像したこともなかった。

和代が次に何を言いだすか、突然、すっと頭の血がひくように感じた。そのまま頭が冷たくなり、全身が硬《こわ》ばってゆくような。おお、このまま死ぬのか。

ケティ! あの世でも。

この作品は、二〇一一年一月に小社より単行本として刊行されました。

風景《ふうけい》

瀬戸内寂聴《せとうちじやくちよう》

平成28年 4月25日　初版発行
令和6年 9月20日　4版発行

発行者●山下直久

発行●株式会社KADOKAWA
〒102-8177　東京都千代田区富士見2-13-3
電話　0570-002-301（ナビダイヤル）

角川文庫 19714

印刷所●株式会社KADOKAWA
製本所●株式会社KADOKAWA

表紙画●和田三造

ISBN978-4-04-400077-6　C0193

◆◇◇

角川文庫発刊に際して

角川源義

第二次世界大戦の敗北は、軍事力の敗北であった以上に、私たちの若い文化力の敗退であった。私たちの文化が戦争に対して如何に無力であり、単なるあだ花に過ぎなかったかを、私たちは身を以て体験し痛感した。西洋近代文化の摂取にとって、明治以後八十年の歳月は決して短かすぎたとは言えない。にもかかわらず、近代文化の伝統を確立し、自由な批判と柔軟な良識に富む文化層として自らを形成することに私たちは失敗して来た。そしてこれは、各層への文化の普及滲透を任務とする出版人の責任でもあった。

一九四五年以来、私たちは再び振出しに戻り、第一歩から踏み出すことを余儀なくされた。これは大きな不幸ではあるが、反面、これまでの混沌・未熟・歪曲の中にあった我が国の文化に秩序と確たる基礎を齎らすためには絶好の機会でもある。角川書店は、このような祖国の文化的危機にあたり、微力をも顧みず再建の礎石たるべき抱負と決意とをもって出発したが、ここに創立以来の念願を果すべく角川文庫を発刊する。これまで刊行されたあらゆる全集叢書文庫類の長所と短所とを検討し、古今東西の不朽の典籍を、良心的編集のもとに、廉価に、そして書架にふさわしい美本として、多くのひとびとに提供しようとする。しかし私たちは徒らに百科全書的な知識のジレッタントを作ることを目的とせず、あくまで祖国の文化に秩序と再建への道を示し、この文庫を角川書店の栄ある事業として、今後永久に継続発展せしめ、学芸と教養との殿堂として大成せんことを期したい。多くの読書子の愛情ある忠言と支持とによって、この希望と抱負とを完遂せしめられんことを願う。

一九四九年五月三日

角川文庫ベストセラー

全訳 源氏物語 新装版（全五巻）
紫式部
與謝野晶子＝訳

寛弘5（1008）年11月、中宮彰子の親王出産に沸く藤原道長の土御門邸。宴に招かれた藤原公任が女房達の前に姿を見せる。「このわたりに若紫やさぶらふ」。ロングセラーを新装版化！

白痴・二流の人
坂口安吾

敗戦間近。かの耐乏生活下、独身の映画監督と白痴女の奇妙な交際を描き反響をよんだ「白痴」。優れた知略を備えながら二流の武将に甘んじた黒田如水の悲劇を描く「二流の人」等、代表的作品集。

堕落論
坂口安吾

「堕ちること以外の中に、人間を救う便利な近道はない」。第二次大戦直後の混迷した社会に、かつての倫理を否定し、新たな考え方を示した『堕落論』。安吾を時代の寵児に押し上げ、時を超えて語り継がれる名作。

湯の宿の女 新装版
平岩弓枝

仲居としてきよ子がひっそり働く草津温泉の旅館に、一人の男が現れる。殺してしまいたいほど好きだったその男、23年前に別れた奥村だった。表題作をはじめ男と女が奏でる愛の短編計10編。読みやすい新装改版。

黒い扇（上）（下） 新装版
平岩弓枝

日本舞踊茜流家元、茜ますみの周辺で起きた3つの不審な死。茜ますみの弟子で、銀座の料亭の娘・八千代は、師匠に原因があると睨み、恋人と共に、華麗な世界の裏に潜む「黒い扇」の謎に迫る。傑作ミステリ。

角川文庫ベストセラー

泣かない子供　江國香織

子供から少女へ、少女から女へ……時を飛び越えて浮かんでは留まる遠近の記憶、あやふやに揺れる季節の中でも変わらぬ周囲へのまなざし。こだわりの時間を柔らかに、せつなく描いたエッセイ集。

冷静と情熱のあいだ　Rosso　江國香織

2000年5月25日ミラノのドゥオモで再会を約したかつての恋人たち。江國香織、辻仁成が同じ物語をそれぞれ女の視点、男の視点で描く甘く切ない恋愛小説。

泣く大人　江國香織

夫、愛犬、男友達、旅、本にまつわる思い……刻一刻と姿を変える、さざなみのような日々の生活の積み重ねを、簡潔な洗練を重ねた文章で綴る。大人がほっとできるような、上質のエッセイ集。

アンネ・フランクの記憶　小川洋子

十代のはじめ『アンネの日記』に心ゆさぶられ、作家への道を志した小川洋子が、アンネの心の内側にふれ、極限におかれた人間の葛藤、尊厳、信頼、愛の形を浮き彫りにした感動のノンフィクション。

刺繍する少女　小川洋子

寄生虫図鑑を前に、捨てたドレスの中に、ホスピスの一室に、もう一人の私が立っている——。記憶の奥深くにささった小さな棘から始まる、震えるほどに美しい愛の物語。

角川文庫ベストセラー

幾千の夜、昨日の月　角田光代

初めて足を踏み入れた異国の日暮れ、終電後恋人にひと目逢おうと飛ばすタクシー、消灯後の母の病室……夜は私に思い出させる。自分が何も持っていなくて、ひとりぼっちであることを。追憶の名随筆。

狂王の庭　小池真理子

「僕があなたを恋していること、わからないのですか」昭和27年、国分寺。華麗な西洋庭園で行われた夜会で、彼はまっしぐらに突き進んできた。庭を作る男と美しい人妻。至高の恋を描いた小池ロマンの長編傑作。

青山娼館　小池真理子

東京・青山にある高級娼婦の館「マダム・アナイス」。そこは、愛と性に疲れた男女がもう一度、生き直す聖地でもあった。愛娘と親友を次々と亡くした奈月は、絶望の淵で娼婦になろうと決意する――。

こんな女もいる　佐藤愛子

「自分は全然わるくないのに、男のせいで、こんなに苦しめられている……」女は被害者意識が強すぎる。失恋が何ですか。心の痛手が貴女の人生を豊かにするのです。痛快、愛子女史の人生論エッセイ。

こんな老い方もある　佐藤愛子

人間、どんなに頑張ってもやがては老いて枯れるもの。どんな事態になろうとも悪あがきせずに、ありのままに運命を受け入れて、上手にゆこうではありませんか。美しく歳を重ねて生きるためのヒント満載。

角川文庫ベストセラー

ナラタージュ　島本理生

お願いだから、私を壊して。ごまかすこともそらすこともできない、鮮烈な痛みに満ちた20歳の恋。もうこの恋から逃れることはできない。早熟の天才作家、若き日の絶唱というべき恋愛文学の最高作。

一千一秒の日々　島本理生

仲良しのまま破局してしまった真琴と哲、メタボな針谷にちょっかいを出す美少女の一紗、誰にも言えない思いを抱きしめる瑛子――。不器用な彼らの、愛おしいラブストーリー集。

クローバー　島本理生

強引で女子力全開の華子と人生流され気味の理系男子・冬冶。双子の前にめげない求愛者と微妙にズレてる才女が現れた！　でこぼこ4人の賑やかな恋と日常。キュートで切ない青春恋愛小説。

波打ち際の蛍　島本理生

DVで心の傷を負い、カウンセリングに通っていた麻由は、蛍に出逢い心惹かれていく。彼を想う気持ちと不安。相反する気持ちを抱えながら、麻由は痛みを越えて足を踏み出す。切実な祈りと光に満ちた恋愛小説。

きりこについて　西　加奈子

きりこは「ぶす」な女の子。小学校の体育館裏で、人の言葉がわかる、とても賢い黒猫をひろった。美しいってどういうこと？　生きるってつらいこと？　きりこがみつけた世の中でいちばん大切なこと。

角川文庫ベストセラー

炎上する君　西　加奈子

私たちは足が炎上している男の噂話ばかりしていた。ある日、銭湯にその男が現れて……動けなくなってしまった私たちに訪れる、小さいけれど大きな変化。奔放な想像力がつむぎだす不穏で愛らしい物語。

不倫《レンタル》　姫野カオルコ

売れないエロ小説家、力石理気子。美人なのに独身で、しかも未だ処女の彼女が、ひたすら「セックスをしてくれる男」を捜し求めて奮闘する、生々しくもおかしい、スーパー恋愛小説。

終業式　姫野カオルコ

きらめいていた高校時代。卒業してもなお、あの頃のことはいつも記憶の底に眠っていた——。同級生の男女4人が織りなす青春の日々。「あの頃」からの20年間を全編書簡で綴った波乱万丈の物語。

ツ、イ、ラ、ク　姫野カオルコ

森本隼子。地方の小さな町で彼に出逢った。ただ、出逢っただけだった。雨の日の、小さな事件が起きるまでは——。渾身の思いを込めて恋の極みを描ききった、最強の恋愛文学。恋とは「堕ちる」もの。

風のささやき　介護する人への13の話　姫野カオルコ

動けないし、しゃべれないし、もう私のことはわからないのだけれど……日本のどこかで暮らすごく普通の人がもらしたささやき。ひとりで泣くこともある、あなたに贈る、13人の胸のうちを綴った掌編小説集。